Polars du même auteur

Toccata, Op der Lay, 2007

De Profundis, Op der Lay, 2009

In Articulo Mortis, Guy Binsfeld, 2011

Les corbeaux de Greenwood, Guy Binsfeld, 2012

Luxembourg Zone rouge, Op der Lay, 2019

Le réseau Raspoutine, pierre-decock.com, 2020

Victor, Crime.lu, 2023

Lea m'attendra, Crime.lu, 2023

Le moine à la boucle d'oreille, Crime.lu, 2023

Un si gentil voisin, Crime.lu, 2024

BON ANNIVERSAIRE DIMITRI

PIERRE DECOCK

Malgré le réalisme de ce récit, ce que vous allez lire est une œuvre de fiction. Toute ressemblance avec des personnes existantes ou ayant existé serait totalement fortuite. Libre à vous d'imaginer le contraire.

DIMANCHE

I.

Il faut combien de « n » à anniversaire ?

La petite Noémie était penchée sur un carton qu'elle avait barbouillé d'acrylique. On y devinait un gâteau ventru décoré d'étoiles asymétriques et surmonté d'une énorme bougie.

– ... Dis Papa tu m'écoutes à la fin ? Combien de « n », je te dis.

Arnauld Blanchard referma sa tablette et regarda sa fille de sept ans. Elle était blonde comme sa mère et avait de grands yeux noisette qui le faisaient fondre à chaque fois.

– Il en faut deux... Et on lui achèterait quoi comme cadeau à ton ami Dimitri ?

– J'sais pas.

– C'est quand même ton copain.

– Même pas. Il est gentil, mais j'ai jamais parlé avec. Il est arrivé qu'il y a trois mois. Il parle une drôle de langue.

– Donc tu ne sais pas ce qu'il aime.

– Ben, non !

– Alors, on va lui acheter un truc de garçon.

– Maman, elle dit que les garçons y peuvent aussi jouer avec des trucs de filles.

– Bon, d'accord, mais on ne va quand même pas lui acheter une Barbie !

Noémie releva la tête et se fendit d'un large sourire.

– On pourrait lui acheter un puzzle ?

– Ah, voilà ! Ça c'est une bonne idée.

– Avec un chat. Je sais qu'il a un chat.

– Tu vois que tu as déjà parlé avec lui !

– Non, mais je sais qu'il a un chat. Même que c'est Nuria qui me l'a dit.

Arnauld Blanchard regarda sa montre. Merci aux parents d'avoir envoyé cette invitation d'anniversaire à la dernière minute ! Bonjour la course ! Il lui restait une heure pour passer au magasin de jouets le plus proche et y dénicher un puzzle avec un chat, si possible une boîte de moins de 3 000 pièces ! Puis il emmènerait sa fille à l'anniversaire de ce fameux Dimitri. Non que cet événement soit à ce point important, mais Noémie y tenait et cela donnerait peut-être à Arnauld Blanchard l'occasion de rencontrer d'autres parents.

L'intégration c'est important. Depuis son arrivée dans la commune, ce jeune père participait avec enthousiasme et obstination à toutes les activités que pouvait lui offrir son nouvel environnement luxembourgeois : anniversaires, verres de bienvenue, jardin collectif, grills, prestations de l'harmonie et de la chorale, sans parler de son implication dans les travaux de la commission scolaire. Alors cet anniversaire, même si l'invitation en avait été tardive, il était important que Noémie y soit présente.

II.

Le lieu de rendez-vous était une maison relativement isolée, un peu à l'écart du village. Il était difficile de se tromper : des ballons de baudruche décoraient l'accès au jardin et un grand cœur marqué d'un huit se balançait au-dessus de la boîte aux lettres.

Une jeune fille blonde maquillée en clown surgit au milieu des ballons, deux petits marmots accrochés à ses basques.

– *Moien Joffer*. Je présume que c'est bien ici l'anniversaire de Dimitri ?

– On ne peut rien vous cacher, répondit la demoiselle en écartant un ballon qui se balançait devant sa figure. Je suis Lucie, l'une des animatrices.

Elle se pencha vers Noémie.

– Et toi, tu es qui, jolie princesse ?

– Noémie ! lança la fillette joyeusement.

Et elle fila au travers des ballons, son puzzle de voiture sous le bras. (il avait été impossible de dénicher un puzzle avec un chat.)

– Vous serez nombreux ? interrogea Blanchard.

– Nous attendons dix-neuf enfants ! Ma collègue et moi, nous n'allons pas nous ennuyer !

Des cris de joie parvenaient depuis le jardin.

– Bon, je vous laisse ! Le devoir m'appelle !

– À tout à l'heure !

Mais Arnauld Blanchard salua dans le vide, la jeune fille étant déjà partie rejoindre la marmaille qui s'agitait derrière la maison.

D'où il était, il pouvait apercevoir une sorte de grand château gonflable. Les tours en étaient secouées par les sauts d'une demi-douzaine d'enfants dont la tête ou les bras apparaissaient par intermittence.

Le jeune papa regagna sa voiture. Il regarda à nouveau sa montre.

Dans deux heures trente, il serait de retour. D'ici là, il y avait du tennis à la télé, un match qu'il pourrait pour une fois regarder en toute quiétude.

Un soleil printanier se glissait au travers des rideaux, baignant le living d'une lumière dorée. C'était un bel après-midi. Mais c'est en vain que Nicky Roeder avait tenté de profiter de ce dimanche ensoleillé. Trop de travail : lessives, repassage, nettoyage, repas bébé, puis trop de soucis aussi. Ce qui tracassait la jeune femme, c'est que sa fille Lea deviendrait bientôt trop grande pour rester chez sa nourrice, madame Da Silva. D'autant que, financièrement, cela n'était plus tenable. Malheureusement, dans une lettre reçue vendredi, la commune informait la jeune maman qu'il n'y avait actuellement pas de place disponible à la crèche et la maison-relais. Avec l'afflux de nouveaux habitants, l'administration n'arrivait plus à suivre. Au mieux, la petite Lea pouvait-elle être mise sur liste d'attente. Comme il était en outre hors de question pour Nicky de laisser la petite chez sa grand-mère, celle-ci ayant cette insupportable propension à se mêler de tout, il restait donc à espérer qu'une place finisse par se libérer dans les services de la commune.

Tout cela en réalité, c'était pour Nicky la conséquence de sa vocation de flic. Flic, cela voulait dire horaires irréguliers, gardes de nuit, changements incessants d'affectation. Bref, une vie de bâton de chaise. Et seule avec une gosse de deux ans, c'était pas du gâteau.

Pourtant Nicky Roeder ne regrettait rien. Ce métier, ce petit bout de femme l'avait choisi, c'était son rêve depuis toujours et elle était bien décidée à s'accrocher. Encore quelques mois à serrer les dents et elle terminerait son stage. Avec la perspective ensuite d'une situation un peu plus stable. Une affectation dans un commissariat régional, à la prévention routière, à la police de l'environnement, voire à la PJ... Qui sait ?

IV.

Respectant ce que précisait l'invitation, Arnauld Blanchard fut de retour à dix-sept heures devant la maison du petit Dimitri.

L'atmosphère était étrangement calme. Plusieurs parents faisaient déjà le pied de grue devant la porte d'entrée. Arnauld reconnut Irina, la mère d'Anja, et Niels, le Danois dont les jumelles fréquentaient la classe de Noémie.

– Vous avez sonné ?

– Oui, ça ne répond pas.

Intrigué, Arnauld Blanchard fronça les sourcils.

– Il est pourtant l'heure. Je vais faire le tour par le jardin.

Écartant le mur de ballons de baudruche, il longea la haie, et déboucha sur une vaste pelouse qui avait les allures d'un champ de bataille : le château gonflable dont les tours penchaient lamentablement, des jeux abandonnés, des gobelets vides et des emballages cadeaux qu'un vent léger promenait sur le gazon. Un champ de bataille, donc, mais pas un enfant en vue.

La porte arrière devait donner sur la cuisine. Il tourna la clenche. Fermée. Cette fois l'inquiétude gagna Arnauld Blanchard. Il colla son visage contre la vitre. Seuls l'obscurité et le silence semblaient régner dans cette maison. Il frappa violemment le panneau. Personne ne répondit.

Paniqué, il revint sur ses pas retrouver les autres parents.

Les gosses étaient-ils partis en promenade ? Peut-être. Quoi que...

Ils patientèrent, de plus en plus inquiets.

Une demi-heure plus tard, il n'y avait toujours aucune trace des enfants.

À 17 heures 45, Niels Petersen appela le 113.

V.

Arnauld Blanchard s'énervait. La patience n'était pas son fort, surtout quand il était question de sa fille. Comme souvent, lorsqu'il était anxieux, il se mettait en colère, tentant sans doute ainsi de masquer son impuissance face aux événements.

– Mais qu'est-ce qu'ils foutent, ces connards de flics ?

Car, oui, la police semblait prendre son temps.

Il faut dire que cette histoire de fête d'anniversaire avait tout d'une plaisanterie et que la maréchaussée avait, elle, bien d'autres soucis. Quelques heures plus tôt, en effet, une station-service avait été attaquée ; la troisième en une semaine. « Deux individus parlant français et qui s'étaient éloignés vers la frontière à bord d'une voiture dont la plaque commençait par un F. » On était mal barrés avec une telle description, mais pour les forces de l'ordre, c'était bien cela la priorité du moment.

Vers 19 heures, sans nouvelles de l'histoire de la station-service, le brigadier-chef Erpelding finit par se résoudre à se rendre sur le lieu de cette fameuse fête d'anniversaire. À peine avait-il posé le pied hors de son véhicule, qu'il fut assailli par une meute de parents en furie.

Ce que ceux-ci lui racontèrent était si énorme qu'il eut du mal à y croire. Une vingtaine d'enfants enlevés par des inconnus, tous en même temps ! Les explications possibles se bousculaient dans sa tête. Une mafia d'Europe de l'Est ? Un malentendu ? Un canular ? Mais mauvaise plaisanterie ou pas, cette affaire dépassait complètement le brigadier-chef et il retourna à son véhicule pour informer ses supérieurs.

Peu de temps après la police, c'est le bourgmestre qui se pointa. Jean-Marc Bertemes avait été alerté par les parents du petit Sam, le seul Luxembourgeois de la bande. Bertemes était un homme d'une cinquantaine d'années, tout en rondeur, affable, habitué des événements festifs et très à l'aise dans les contacts avec la population cosmopolite qui habitait sa commune. Cette fois pourtant, il n'en menait pas large. Pères et mères se bousculaient pour expliquer à l'élu le drame qu'ils vivaient : les enfants invités à l'anniversaire d'un certain Dimitri Kovalenko avaient été enlevés... enlevés probablement par les parents du garçon en question !

– Enlevé par les Ukrainiens ? s'étonna Bertemes.

Un couple qui, jusqu'alors, était resté en retrait pâlit en se voyant désigné du doigt par le bourgmestre.

– ... Mais ce sont eux les parents de Dimitri ! Et ils n'habitent pas ici, mais dans l'ancien appartement du bureau des postes, au centre !

– Alors, c'est la maison de qui ? interrogea le Danois dans son français hésitant.

– À ma connaissance, cette maison-ci est vide. Elle appartient à des gens de Vianden et ils la mettent en location sur Airbnb.

Blanchard prit le bourgmestre à partie. Il ne l'aimait pas trop. Il le trouvait maniéré, faussement enjoué, et surtout trop bienveillant avec certains étrangers, qui au contraire de lui-même, n'apportaient rien à leur pays d'accueil.

– Si ce ne sont pas les Ukrainiens ni les propriétaires de cette baraque qui ont invité nos gosses, c'est donc la commune qui a manigancé tout cela ?

– Mais en aucun cas ! s'indigna Bertemes.

Qui alors avait organisé cette fête d'anniversaire ? C'était incompréhensible !

Vers 20 heures une voiture vint se garer en double file. Deux hommes en descendirent. L'un grand, le regard noir, les cheveux châtains. Dérangé sans doute pendant son week-end, il portait un polo, des jeans et des chaussures de sport. L'autre, plus petit, blond, un pantalon fripé et une chemise à carreaux passée de mode.

– Police judiciaire ! annonça le grand brun en claquant la portière.

Et ils se retrouvèrent en butte à des parents surexcités qui se pressaient autour d'eux. Arnauld Blanchard les agressa d'emblée :

– C'est maintenant que vous débarquez ? Voilà plus de deux heures que nos enfants ont disparu !

Le plus grand des flics ne se démonta pas.

– Je suis l'inspecteur Tedesco, voici l'inspecteur Majerus. Je vais vous demander de vous calmer et de me réexpliquer exactement ce qu'il s'est passé.

C'est le père du petit Sam qui résuma la situation. Cela tenait en peu de mots : ce dimanche en début d'après-midi, tous ces braves gens avaient déposé leur enfant à l'anniversaire du dénommé Dimitri Kovalenko, nouvel arrivant dans l'école fondamentale de la commune. Lorsque les parents revinrent, les dix-neuf enfants et leurs animatrices s'étaient tout simplement volatilisés.

L'inspecteur avait quelques cheveux blancs et sans doute assez d'expérience pour réaliser rapidement à quel point la situation était sérieuse. Il s'éloigna, passa plusieurs coups de fil, puis il revint vers les parents.

– Je viens de parler avec mon responsable. Nous lançons immédiatement les recherches. Soyez assurés que nous déploierons tous les moyens nécessaires. Pour commencer, nous allons prendre vos noms, téléphones et adresses. Vous rentrerez ensuite chez vous ! Il n'est pas impossible que les ravisseurs vous contactent, si du moins ravisseurs il y a. Je vais faire de mon mieux pour que vous ayez tous dans les plus brefs délais une présence policière à vos côtés. En ce qui nous concerne, l'inspecteur Majerus et moi nous retournons à Hamm[1]. On vient de me confirmer qu'on y montait une cellule de crise.

En quelques minutes, la rue se vida, ne laissant sur place que le bourgmestre, le brigadier-chef Erpelding et son collègue.

Le quartier redevint un moment ce qu'il était habituellement, un quartier tranquille, habité essentiellement par de paisibles retraités et quelques discrets fonctionnaires européens.

La police scientifique se pointa alors que la nuit était tombée. Sous la lumière de plusieurs projeteurs, les techniciens de la CPE[2] prélevèrent gobelets, canettes, cotillons, prirent les empreintes, firent des prélèvements d'ADN ; enfin, ils scellèrent les lieux et en décorèrent les accès d'une bande tricolore siglée « POLICE ».

À 23 h 10, alors qu'il se mettait au lit, le procureur Jean-Claude Wagner apprit de fort mauvaise humeur qu'il était saisi de cette affaire. Une affaire aussi inquiétante

---

[1] Siège de la PJ luxembourgeoise.
[2] Cellule de la police scientifique.

qu'abracadabrantesque, et au sujet de laquelle on n'avait pour l'heure pas la moindre piste.

Tous ces parents inconscients ne pouvaient-ils pas mieux surveiller leur progéniture ?

VI.

Il était 23 heures quand on sonna à l'appartement de Nicky Roeder. Tirée de son sommeil, la petite Lea se mit à pleurer. Nicky elle-même venait à peine de s'endormir, et elle se leva en bougonnant. Demain, elle devait être au commissariat pour l'ouverture de huit heures trente et elle aurait bien eu besoin d'une vraie nuit de sommeil. Qui donc osait la déranger aussi tard ?

Elle enfila un tee-shirt et jeta un œil sur l'écran du visiophone.

Sandra, sa copine ! Que venait-elle faire là ?

Sans poser de question, la jeune femme ouvrit la porte du hall d'entrée et attendit son amie sur le palier. Quelques secondes plus tard, celle-ci sortait de l'ascenseur.

Sandra Dos Santos était une petite brune toute menue. Nicky qui elle-même n'était pas si grande, la dépassait d'une tête. D'un naturel optimiste, Sandra respirait la joie de vivre. Ce sont ses éclats de rire qui avaient séduit Nicky. Mais ce soir-là, Sandra ne souriait pas. Elle avait les traits tirés et la mine sombre. C'était à ce point inhabituel que Nicky Roeder s'alarma.

– Ça ne va pas, Sandra ? Que se passe-t-il ?

Elle secoua la tête retenant ses larmes.

– Entre et explique-moi.

Une fois dans le living, Sandra se laissa tomber sur le canapé et gémit.

– Gabriela !

– Eh bien quoi, Gabriela ? Elle a eu un accident ?

– Elle a été enlevée !

– Enlevée ?

C'était invraisemblable. Sandra et son mari vivaient chichement. Une vendeuse et un camionneur... On trouve mieux comme cible pour un kidnapping ! Ce devait être une erreur, un horrible malentendu.

Difficilement, Sandra expliqua ce qu'il s'était passé. En fait, pas grand-chose. En début d'après-midi, elle avait déposé Gabriela à une fête d'anniversaire, et, à son retour, sa fille avait disparu. Et tous les autres enfants également !

– Des policiers ont proposé de me rejoindre à la maison, mais j'ai refusé. Je suis seule ; Mario est en voyage. Je préférerais que ce soit toi qui viennes.

Nicky passa à la cuisine préparer un thé pour son amie. Comment pouvait-elle l'aider ? Elle était de la police, d'accord, mais simple stagiaire, junior, affectée dans un petit commissariat. Ce genre d'affaire, c'était du ressort de la PJ. À la réflexion, elle y avait bien un contact, un nom qu'elle ne risquait pas d'oublier tant le personnage l'avait agacée. Sandro Tedesco.

Ce Tedesco était une grande gueule. Lors de leur premier contact à l'occasion de l'affaire Grangé[1], Nicky l'avait trouvé cynique et méprisant. Quant à lui, il gardait probablement de la jeune femme l'image d'une petite fouineuse obstinée et peu respectueuse des règles qui régissent leur grande maison. Ce n'était pas tout à fait faux.

Nicky prit son portable et parcourut la liste de ses correspondants. Elle tomba rapidement sur le numéro du policier. Il était bien tard pour l'appeler, mais tant pis.

---

[1] Voir *Lea m'attendra*, chez *Crime.lu*

C'est avec un peu d'appréhension qu'elle composa son numéro. Dès la première sonnerie Tedesco décrocha. Au lieu d'envoyer Nicky balader, il réagit vivement.

– Bien entendu que je suis au courant ! Et vous n'imaginez pas l'agitation qu'il y a ici avec cette histoire. D'ailleurs vous-même, qui vous a informée ?

– Gabriela, la fille de mon amie Sandra Dos Santos fréquente cette école. Elle a elle aussi disparu. Mon amie est ici et elle est folle d'inquiétude.

Le policier soupira.

– Je vois... Nous faisons tout pour éviter que cette histoire s'ébruite, mais quelque chose me dit que cela ne durera pas !

– Vous avez une piste ?

– Pas vraiment, mais je n'ai pas le temps d'en discuter avec vous. D'ailleurs, si vous voulez vous rendre utile, accompagnez votre amie chez elle et appelez-moi immédiatement si le moindre événement survenait.

– Il faudrait peut-être mettre son téléphone sur écoute.

– Évidemment. C'est déjà réglé. Le fixe et les mobiles de tous les parents l'ont été dès 20 heures.

Nicky se sentit subitement sur le point de paniquer.

– Mais je fais quoi si les ravisseurs appellent ?

– Ce qu'on fait dans ces cas-là. On fait traîner. Posez des questions, faites répéter, mais ne les énervez pas.

– C'est que c'est pas trop dans mes cordes ce genre de boulot.

– Je sais, mais nous n'avons pas dix-neuf négociateurs sous la main. Ces types le savaient. En plus un week-end. Bien joué : la moitié de nos hommes est en vadrouille !

La communication s'arrêta ainsi, laissant Nicky dubitative.

Ceux qui croisaient Nicky pour la première fois la pensaient timide, effacée, discrète. Pour tout dire, sans beaucoup d'envergure. C'était une grave erreur d'appréciation. Elle était au contraire combative, têtue et avait parfois bien du mal à contenir ses impulsions ou à tenir sa langue.

Après quelques instants d'hésitation, elle s'adressa à Sandra.

– Viens m'aider à préparer Lea. On file ! Dans un quart d'heure nous serons chez toi !

VII.

C'est une bien étrange veillée qui venait de commencer dans l'appartement des Blanchard.

Deux policiers, un homme et une femme, avaient pris place au salon.

Ils avaient refusé le café que leur proposait Aline et discutaient à voix basse en luxembourgeois. De temps à autre leur portable sonnait, on leur murmurait quelque chose à l'oreille, puis leur conversation inintelligible reprenait... Des intrus. Mais il fallait faire avec.

Face à eux, Arnauld Blanchard ruminait dans son fauteuil. Il grattait nerveusement l'accoudoir au point d'en user le tissu.

La tension était montée chez les parents Blanchard. La tension, et les rancœurs. Comme si cet événement ravivait entre les époux une animosité qui jusque-là avait été étouffée.

– Tu les connaissais ces gens ?

– Non pas vraiment. Leur fils Dimitri est dans la classe de Noémie.

– Alors comment as-tu pu laisser notre fille à la garde d'inconnus ? s'indigna Aline Blanchard.

– Mais toute sa classe y allait !

– C'est comme la fois où tu l'avais laissée à la plaine de jeux sous prétexte que la mère de Sandra était présente. Résultat : elle est tombée !

– Elle n'a rien eu !

– Elle aurait pu !

C'est en réalisant que les deux policiers les écoutaient depuis le salon que les époux mirent fin à leur dispute puérile. Arnauld Blanchard pourtant sentait le malaise grandir en lui.

Et si le pire survenait. Impossible.

Imaginer la mort de notre fille, c'est au-delà de l'horreur. Le vide. La fin. Notre vie perdrait tout son sens.

Comment peut-on faire du mal à un enfant ? Noémie. Ma petite fleur. Une perle. Notre perle à nous !

Violemment, Blanchard frappa l'accoudoir du fauteuil. On leur avait dit que le Luxembourg était un petit pays paisible. Et pourtant, la semaine dernière, son collègue Édouard s'était fait arracher sa montre en plein centre-ville. Voilà maintenant qu'on kidnappait sa fille ! Jamais, se dit-il, nous n'aurions dû quitter Paris.

Aline posa la main sur son épaule.

— Calme-toi, Arnauld. Nous disputer ou nous mettre en colère ne mène à rien. Viens manger quelque chose.

Il se redressa hors de lui.

— Tu ne comprends pas ce que je ressens ?

Son épouse le regardait s'emporter. Elle savait qu'en de tels moments il était inutile d'essayer de le calmer.

— ... Je suis malade de trouille, de haine ! Je suis là, assis sans pouvoir rien faire. Où est Noémie ? Qu'est qu'on lui fait ? Qui sont ces crapules ? Comment peut-on s'en prendre à une petite de cet âge, aussi mignonne, aussi innocente ?

À cet instant, Arnauld Blanchard se le jura : s'il arrivait quoi que ce soit à sa fille, il tuerait de ses mains les auteurs de cet enlèvement.

VIII.

Après plusieurs tentatives, Sandra avait réussi à contacter son mari. Chauffeur routier, Marco Caprini était au volant de son camion frigorifique, quelque part entre Bordeaux et Angoulême. Il avait le sang chaud, son épouse évita donc de dramatiser. Elle lui raconta que la petite était partie sans explication avec d'autres enfants et que cela la tracassait. Il ne fut pas dupe et appuya sur le champignon. Tant pis pour les radars, et tant pis pour le tachymètre, il devait être au Luxembourg aussi vite que possible.

Pendant ce temps, les heures s'écoulaient, lentes, angoissantes, sans aucun signe de vie des ravisseurs.

Dans le salon de son amie, Nicky Roeder commençait à somnoler. Subitement un téléphone sonna. Sandra décrocha, les mains tremblantes. Enfin eux ? Non, c'était simplement la police qui venait aux nouvelles.

Elle tendit le combiné à Nicky.

– C'est pour toi.

– Ici Tedesco. Toujours rien chez vous ?

Il y avait un bruit de fond épouvantable. Comme si Tedesco appelait depuis un hall de gare.

– Je vous aurais appelé. Et chez vous ?

– Rien. Aucun des autres parents n'a été contacté jusqu'à présent.

– C'est normal ?

– Non, pas du tout. En général, les ravisseurs font rapidement connaître leurs exigences, a fortiori pour un enlèvement d'une telle ampleur.

– Vous n'avez aucune idée de qui aurait fait ça ?

– Aucune. Dans la soirée, mes collègues sont passés interroger les voisins. Un retraité qui tondait sa pelouse aurait aperçu un autocar en fin d'après-midi. Ça pourrait expliquer la disparition des enfants... mais ce car mystérieux entrevu par le bonhomme semble s'être évaporé quelque part sur notre réseau routier. Le gars pense que le car portait peut-être le nom d'une entreprise allemande, mais il est incapable de s'en souvenir. La belle affaire ! Comment le retrouver avec une description aussi vague ?

Nicky consulta sa montre.

– Il est une heure du matin. Qu'est-ce que je dois faire ?

– Restez là. Sait-on jamais. On se rappelle demain à la première heure. Nous pensons organiser une réunion à la commune. Vous vous y rendrez avec votre amie.

– Bien.

Et il raccrocha.

IX.

Pour tous les parents, cette longue nuit fut une épouvantable épreuve. Mélange d'incertitude et d'angoisse. Ce que la police avait bien voulu leur dire n'avait rien de rassurant. La réalité d'ailleurs, c'est que les autorités ne savaient rien. Ni des auteurs de l'enlèvement ni du sort des enfants. Tout au plus avait-on évoqué le projet d'une réunion d'information qui se tiendrait le lendemain à la commune. La perspective de cette réunion ne suffisait en aucun cas à calmer les familles des enfants, la plupart étant au bord de la crise de nerfs. Leurs traits étaient marqués. Bien peu sans doute avaient fermé l'œil de la nuit. Mais surtout, inquiets, voire paniqués, pères et mères étaient intenables et leur agitation constituait pour les autorités un problème supplémentaire.

Mais comment garder le contrôle de dizaines de pères et de mères stressés et disséminés dans la banlieue de la capitale ? La nécessité de les regrouper s'imposa rapidement. Il était grand temps. Dans la nuit, certains songeaient déjà à se constituer en association, d'autres à écrire au Premier ministre ou au Grand-Duc. Le père de Sam, le petit Luxembourgeois, fit le compte de ses relations : sa sœur, rédactrice au ministère de l'Intérieur ; son cousin, membre du Bureau exécutif du DP ; son ami Pauly, encarté au CSV ; sa tante, secrétaire de rédaction d'un petit hebdomadaire politique et culturel ; il comptait bien ameuter tout ce beau monde. Niels Petersen, lui, avait déjà mis en branle les services diplomatiques de son pays. Et plus grave, outrepassant les consignes de la police, l'un des parents avait prévenu RTL.

Demain, sans aucun doute, cette histoire ferait les gros titres.

Bon anniversaire Dimitri

LUNDI

I.

Dans l'appartement des Caprini, la nuit touchait à sa fin.

Nicky avait dormi sur le divan, enveloppée dans un plaid. Quelques courtes heures de sommeil dont elle avait émergé à plusieurs reprises pour consulter vainement son téléphone à la recherche de nouvelles.

Peu après huit heures, alors que Nicky et son amie se préparaient un café dans la cuisine, Marco le mari de Sandra débarqua en trombe. Il avait garé sans trop de manières son camion frigorifique devant l'immeuble. Les voisins allaient encore se plaindre, mais il s'en fichait bien. Son épouse n'aurait jamais pris la peine de l'appeler si un grave problème ne s'était pas posé au sujet de leur fille. L'inquiétude de Marco Caprini grandit encore quand il découvrit les deux femmes à la mine défaite.

– Tiens ? Nicky ? Qu'est-ce que tu fais là ?

Nicky ne répondit pas, inclinant simplement la tête.

Il se tourna vers sa femme.

– Eh bien Sandra, c'est quoi cette histoire ? Et la petite, y se passe quoi ?

Sandra lui répondit en cherchant ses mots.

– La petite et ses amis ont disparu hier après-midi alors qu'ils étaient à une fête d'anniversaire.

– Comment ça, « disparu » ?

– Je... En fait, la police pense qu'il s'agit d'un enlèvement.

Il resta un instant sans voix.

– C'est une plaisanterie ? Tu m'avais dit qu'elle était partie avec des amies et que tu ignorais où.

– Je ne voulais pas te stresser alors que tu étais sur la route. Toute sa classe a été enlevée. D'autres aussi. Ils sont une vingtaine.

– Toute une classe ? Enlevée ? C'est impossible.

Il semblait clairement ne pas réaliser. Sous le choc, il répéta plusieurs fois, bêtement « Toute une classe, disparue ! ». En disant cela, il froissait nerveusement une enveloppe bleue.

– Que tiens-tu là ?

– Euh... je. Il y avait une lettre au courrier.

– Mais laisse donc ça sur le meuble. On a bien d'autres soucis. C'est de qui cette lettre ?

– J'en sais rien. Il n'y a pas d'expéditeur.

Cela intrigua Sandra.

– Ah ? Laisse-moi voir !

Sous le regard curieux de Nicky, Sandra déchira le rabat bleu marine.

Et à la lecture des quelques lignes que contenait la lettre, elle devint blanche comme un linge.

Madame, Monsieur,
Veuillez verser 200 000 euros sur les comptes de
chacune des associations suivantes :
Slovenie-solidarité.lu
Crèche les oisillons
Chorale À tout chœur

Vous avez 8 heures pour procéder à cette opération.
Si après vérification auprès de ces bénéficiaires, il se confirme que la totalité des parents a suivi scrupuleusement ces instructions, les enfants seront libérés dans la semaine.
Dans le cas contraire...

Suivait une liste de numéros de compte.

Sandra, tremblante, jeta le billet sur la table.

– Voilà donc ce que c'est ! On a enlevé notre petite Gabriela pour de l'argent. Mais on n'a pas ce fric ! On rame déjà pour payer le prêt de la voiture et le chauffage de l'appartement, comment veulent-ils qu'on rassemble une telle somme ?

Elle se mit à pleurer et, tandis que Mario jurait en italien, Nicky la prit dans ses bras.

– Ne t'inquiète pas on va trouver une solution !

Pourtant Nicky Roeder n'y croyait pas elle-même.

Une solution, c'est vite dit ! Trois fois 200 000 ! 600 000 euros ! Sur mon livret de la Spuerkeess, j'en ai 4 500, un peu plus de 7 000 au Wüstenrot... On est loin du compte !

Laissant Sandra et Marco se prendre la tête au sujet de ces exigences exorbitantes, Nicky s'isola dans la cuisine pour téléphoner à Tedesco. L'histoire de la lettre ne l'étonna pas.

– En effet. Les parents de deux des enfants ont déjà reçu un tel courrier. Les autres suivront, probablement.

– Qu'est-ce que je dois faire de cette enveloppe ?

– Ne la tripotez pas et amenez-la-moi à Hamm, illico !

Hamm. Le QG de la Police judiciaire.

– Et vous, interrogea Nicky, qu'allez-vous faire maintenant ?

Sans que la jeune femme comprît pourquoi, Tedesco reprit soudain le ton distant et déplaisant qu'elle lui connaissait bien.

– Ce que nous allons faire, c'est maintenant l'affaire de la PJ. Pourquoi ? Ça vous intéresse ?

– Bien entendu que ça m'intéresse ! Je ne suis pas rentrée dans la police pour m'occuper uniquement de tapages nocturnes et de vélo volés.

– Eh bien, pour le moment contentez-vous de m'apporter cette foutue lettre !

Ce type est toujours aussi aimable. Un vrai plaisir de collaborer avec un tel ours.

Nicky fit glisser l'enveloppe et son contenu dans un sac de congélation qu'elle referma soigneusement.

Des éclats de voix lui parvinrent soudain du living. Giulia, la belle-mère de Sandra, venait de faire son entrée et la tension était encore montée d'un cran. Sandra et Marco s'efforcèrent vainement de la calmer.

Hélas, alertée par les cris, la petite Lea s'était réveillée et pleurait. Nicky partit la rassurer. Il faudrait la changer, l'habiller et lui donner son déjeuner. Tedesco devrait patienter quelques minutes. Dans la cuisine, la jeune femme dénicha des galettes de riz, de la pâte à tartiner. Il y avait aussi du lait et du yaourt dans le frigo. Tout cela ferait l'affaire.

Abandonnant son mari et sa mère, Sandra vint retrouver Nicky dans la cuisine.

– Alors, tu as parlé à tes collègues ? Qu'est-ce qu'ils disent ?

– Je dois passer chez eux. Leur donner cette enveloppe. J'essayerai de voir où ils en sont.

– C'est vraiment vrai cette demande de rançon ? Personne ne peut imaginer sérieusement que nous sommes en mesure de payer une telle somme !

– D'autres parents ont reçu une lettre similaire. On va certainement vous convoquer pour vous présenter la marche à suivre. Dès que j'en sais plus, je te rappelle.

Nicky regarda sa fille Lea qui, insensible à l'agitation de cette matinée, grignotait ses galettes de riz au chocolat.

La jeune maman devrait s'organiser. Trop tard pour contacter Madame Da Silva, sa nounou. Pas question non plus d'appeler sa mère.

– Tu crois que Giulia accepterait de rester à l'appartement et de garder Lea ?

Elle sourit.

– Bien sûr. Ce ne sera pas la première fois.

Nicky serra sa fille contre elle, lui expliqua qu'elle la retrouverait ce soir, l'embrassa, puis quitta l'appartement en vitesse.

Les sentiments de la jeune femme étaient partagés. Lea était une charge, mais aussi et surtout ce qui la motivait dans la vie. Parfois, comme ce jour-là, il lui fallait l'abandonner et c'était toujours un déchirement... Ses collègues masculins, pensa-t-elle, n'avaient pas ce genre de problème !

II.

Une demi-heure plus tard, Nicky Roeder se garait à Hamm devant le 24 rue de Bitbourg.

C'est un jeune homme qui assurait l'accueil des services de la PJ, aussi aimable qu'une porte de prison.

– *Moien*. Mon nom est Nicky Roeder.

– On m'a prévenu. Je vous ai préparé un badge… Si vous voulez bien me remplir ceci.

Il poussa vers la jeune fille un porte-bloc à pince qui faisait office de registre d'entrée.

Elle s'exécuta. Nom, prénom, service, personne visitée, heure d'arrivée, signature. Le planton reprit le document.

– L'ascenseur est là-bas. C'est au deuxième étage. On vous y attend.

Un peu nerveuse, Nicky prit place dans l'ascenseur. La montée vers les étages sembla durer une éternité, ce qui accentua encore son stress. Quand enfin les portes de l'ascenseur s'ouvrirent, Nicky sursauta.

Sandro Tedesco se dressait devant elle. Les mains dans le dos. À son air, il était impossible de dire s'il était content de la voir débarquer, ou si au contraire il regrettait déjà de s'être imposé la présence de cette gamine.

Ne sachant que dire, Nicky lui tendit bêtement le sachet plastique contenant la demande de rançon. Il le lui enleva sans un mot, ajoutant simplement :

– Suivez-moi. Nous sommes en salle de réunion.

Ce furent ses seules paroles de bienvenue. Ils longèrent un couloir qui s'ouvrait de part et d'autre sur des bureaux vides. Soit tous ces gens étaient en congé, soit, le plus probable, ils étaient tous occupés ailleurs.

Subitement, Tedesco s'arrêta en plein milieu du passage.

– Vous m'aviez dit être intéressée par cette affaire.

– Euh... je... Oui bien entendu.

– Ça tombe bien, nous sommes débordés et une personne supplémentaire ne sera pas de trop. Je vais faire le nécessaire pour que vous puissiez vous joindre à nous.

– C'est qu'on m'attend au commissariat pour prendre mon service.

– Le commissaire Araujo réglera ça avec votre patron. Mais que je sois bien clair, il y a une condition : ne prenez aucune initiative sans passer par moi. Vous êtes junior et vous devez être couverte dans tout ce que vous faites par un OPJ. Moi, en l'occurrence.

Nicky était trop heureuse de cette promotion, même s'il ne s'agissait que d'une affectation temporaire et sous la coupe d'un individu désagréable.

– C'est clair.

Il la mena devant une porte derrière laquelle on entendait des bruits de voix.

– Voici notre QG.

Elle entra, découvrant avec un brin de surprise le QG en question.

Rien à voir avec les films. Pas de murs tapissés de graphiques, de cartes, de photos et de portrait-robot. Une simple salle de réunion, avec un écran. Mais une salle de réunion qui grouillait de monde. Sur la grande table centrale traînaient des bouteilles en plastique et des tasses de café, des dossiers ouverts, et des ordinateurs portables que manipulaient nerveusement une douzaine de personnes. Il manquait des chaises et certains des participants étaient restés debout.

Personne ne sembla s'inquiéter de l'intrusion de Nicky. Elle se réfugia derrière Tedesco, dans un coin, loin des fenêtres, point qui constituait un excellent poste d'observation. Les visages étaient graves, les gens nerveux. C'était difficile à décrire, mais l'ambiance n'était pas bonne, comme si cette machine policière rodée aux cas de drames familiaux, de cambriolages et de petits larcins se trouvait soudain devant une affaire qui la dépassait totalement. L'agitation qui régnait dans la salle cachait mal le désarroi de tous ces professionnels.

Un individu chauve et corpulent se tenait en bout de table. De sa grosse voix, il mit un terme au brouhaha.

Tedesco souffla à Nicky :

– C'est le proc. Wagner. Il n'a rien d'un rigolo. Surtout ne dites rien.

Elle s'en serait bien gardée. Un silence général régnait maintenant dans la pièce.

– Bon. Faisons le point. Tout ce que nous avons, gronda le procureur, c'est la vague description d'une gamine déguisée en clown et un car de couleur claire dont des centaines d'exemplaires sillonnent la région. Puis ces enveloppes que la plupart des parents ont reçues ce matin.

Il brandit un sachet en plastique contenant un courrier similaire à celui qu'avait apporté Nicky.

– Un exemplaire est dans les mains du LNS[1]. Nous n'aurons des résultats que mercredi, au mieux. C'est-à-dire trop tard.

---

[1] Laboratoire National de Santé, organisme qui effectue les analyses pour le compte de la justice.

– Et pour la rançon ? Si j'ai bien compris, il y a trois associations différentes pour chacun des dix-neuf enfants. Donc des dizaines de fois 200 000 € !

C'était une femme d'une trentaine d'années qui venait de parler. Noire, de lourdes boucles brunes. Le magistrat lui répondit sans détour.

– L'État luxembourgeois va payer, Madame Sousa. Avons-nous le choix ? Mais en réalité nous ne prenons pas trop de risques, car nous sommes certains de récupérer ces sommes. Si certaines de ces associations conservaient l'argent, cela tomberait sous le coup de la loi... Du recel, ni plus ni moins !

Il poursuivit.

– Le message nous dit que vérification sera faite auprès des bénéficiaires. Il faudrait donc simultanément mettre ces cinquante-sept associations sur écoute. Le ou les ravisseurs savent pertinemment que cela nous est matériellement impossible. On en sélectionnera quelques-unes en espérant avoir le plaisir d'entendre en direct nos kidnappeurs. De toute façon, nous contacterons tous ces heureux gagnants au plus vite afin qu'ils évitent de toucher à cette manne providentielle. Elle doit revenir à l'État. En attendant, que comptez-vous faire, Araujo ?

Et il se tourna vers l'homme assis à ses côtés. Ce n'était pas un inconnu, Nicky l'avait déjà croisé à plusieurs reprises : le commissaire Araujo. Petit, les cheveux poivre et sel. Sa voix était mal assurée, il était fébrile. Plus encore que les autres... Oui, que comptait-il faire ?

Il répondit d'une voix blanche.

– Euh... Nous allons reprendre l'enquête de voisinage, voir si les Allemands ont trouvé quelque chose, dans le cas où ce fameux car viendrait de chez eux. Nous réinterrogerons également la famille du jeune Dimitri. Nous vérifions aussi l'emploi du temps des pédophiles en liberté surveillée... Je n'ai pas trop d'espoir de ce côté.

Il y eut un silence. Araujo n'avait plus rien à ajouter.

– Bon, fit le procureur peu convaincu. Faites donc. Mais nous sommes confrontés à une situation inédite et sans mettre en doute les capacités de nos équipes, je ne veux courir aucun risque.

Le magistrat se tourna alors vers une dame assise à sa droite.

– Je vous présente Lydia Vandekerckhove. Madame Vandekerckhove est Docteur en psychologie clinique et profileuse. La police belge nous a proposé ses services. Madame devrait nous aider à cerner la personnalité des preneurs d'otage présumés et donc nous permettre le cas échéant de mieux cibler nos recherches.

Ainsi introduite, la dame en question salua. La trentaine, cheveux châtains tirés en arrière, épaisses lunettes, elle parlait d'une voix posée, en roulant les « r ».

– Bonjour, messieurs-dames. Nous sommes en effet devant un cas atypique et extrêmement intéressant. Malheureusement, à ce stade, je ne peux pas encore vous dire grand-chose. À mon avis, il s'agit clairement d'une action imputable à plusieurs personnes. L'opération est trop complexe, vu le nombre d'enfants, pour être menée par un seul individu. Il n'est pas exclu que des femmes soient impliquées, mais ce sont des hommes qui mènent cet enlèvement. Je penche pour des adultes de plus de quarante ans. Des personnes plus jeunes auraient utilisé des courriers électroniques et les réseaux sociaux, plutôt que le courrier traditionnel.

– Des étrangers ? interrogea Araujo.

— Cela dépend de ce que vous entendez par étranger. Ce ne sont ni des Sénégalais ni des Ouzbeks, mais des gens maîtrisant bien la langue française et assez proches du Luxembourg pour en connaître les us et coutumes, faute de quoi ils auraient été incapables d'organiser cet anniversaire. Voilà ce que je peux vous avancer à ce stade. Je vous serais reconnaissante de me transmettre le moindre fait qui pourrait contribuer à cerner la personnalité des ravisseurs. Je vous rends la parole, monsieur le procureur.

— Merci, madame Vandekerckhove.

Dans un silence général, le procureur gribouilla quelque chose sur son calepin, puis releva la tête.

— Restons-en là pour l'instant. Cet après-midi, je tiendrai une réunion avec les parents. J'aimerais qu'on ait à leur confier autre chose que du vent ! Je vous propose de vous mettre tous au boulot !

C'était un ordre, plus qu'une suggestion. La salle se vida rapidement, hormis quelques-uns qui restèrent, penchés sur leur portable ou accrochés à leur téléphone.

Tedesco et Nicky Roeder quittèrent à leur tour la salle.

— Eh bien ? lui fit Tedesco. C'était instructif ?

— En fait, je ne m'attendais pas à toute cette effervescence.

— Habituellement, les choses ne se passent pas ainsi. Nos enquêtes se déroulent dans un cadre bien plus confidentiel et nos relations avec les magistrats sont, comment dire... moins tendues !

Nicky fronçait les sourcils, et comme chaque fois que quelque chose la dérangeait, elle eut cette petite moue qu'elle faisait en avançant sa lèvre inférieure.

– Il y a aussi une chose que je ne comprends pas. Apparemment, on va payer la rançon. On m'a pourtant toujours dit qu'il ne fallait pas céder aux demandes des preneurs d'otages.

Il haussa les épaules.

– Théoriquement. Certains gouvernements le font pourtant souvent. Pas directement bien entendu, mais par le truchement d'une association ou d'une entreprise privée... dans des cas désespérés !

– Mais en quoi est-ce ici un cas désespéré ? Nous venons à peine de recevoir la demande de rançon !

– Vous n'avez pas connu ça, mais il y a des années, un type armé d'un pistolet et de grenades a pris en otages les enfants d'une crèche de Wasserbillig. Cette histoire a été et reste un véritable traumatisme. Personne n'a envie que cela se reproduise !

– Donc le gouvernement paiera.

– Oui, le gouvernement paiera. Les ravisseurs l'espèrent bien. Il est impossible aux parents de réunir une telle somme en quelques heures. Mais gardez pour vous cette histoire de paiement par l'État, c'est confidentiel.

– Bien entendu.

Elle se tairait, oui, mais à quoi bon, l'un de tous ces parents finirait bien par parler !

– On va passer dans mon bureau.

Plus loin dans le couloir, il ouvrit une porte.

– Entrez. C'est ici.

La pièce, agrémentée de quelques plantes vertes, donnait sur une sorte de grande cour intérieure inondée de l'abondante lumière du jour. Les murs étaient recouverts de panneaux de bois clair qui abritaient sans doute des placards et espaces de rangement.

Le seul occupant du bureau était en partie dissimulé derrière son écran. Il releva la tête.

Blond, de petites lunettes, un regard inquisiteur et froid qui sembla déshabiller Nicky de la tête aux pieds. Il concéda un sourire, en réalité une grimace, puis replongea le nez dans son PC.

Tedesco referma la porte derrière la jeune femme et la fit asseoir.

– Je vous résume la situation. Nous avons passé une partie de la soirée à interroger les voisins. Ils n'ont rien vu, si ce n'est ce retraité qui tondait sa pelouse. Comme l'a expliqué le procureur, ce type pense avoir vu passer dans la rue un autocar de couleur claire, mais il ne peut affirmer qu'il y avait des enfants à bord. Nous avons signalé le car en question à toutes les unités, sans grand espoir. Il doit y avoir une centaine de véhicules de ce type en circulation, et de toute façon à l'heure qu'il est, il est probablement loin... Voici où nous en sommes, ma petite demoiselle.

« Petite demoiselle ». Nicky tiqua. Ce ton condescendant était décidément insupportable.

– Ce car pourrait être parti à l'étranger ?

– Au Luxembourg, nous sommes littéralement cernés par les états voisins. Alors, France, Belgique, Allemagne, nous avons l'embarra du choix.

– Dans ce cas on fait quoi ?

– Des collègues ont pris contact avec les autorités des pays voisins. Et comme l'a expliqué le commissaire, d'autres contrôlent à tout hasard le fichier des pédophiles. Joé Thill ici présent, notre informaticien, cherche une trace éventuelle des gosses sur le net. Jusqu'ici, tout cela ne donne rien. Il nous reste à attendre les résultats des analyses ADN dans le cas inespéré où un profil connu serait identifié.

– Vous avez vérifié les téléphones ?

– Quels téléphones ?

– Ceux des enfants.

– Mais ce ne sont que des gosses de sept ans !

– Et alors ? Peut-être certains d'entre eux en ont-ils un ? Des parents leur en donnent pour les cas d'urgence, ou même pour les suivre à la trace.

Il sourcilla.

– Quelle époque !

Sandro Tedesco s'empara de l'ordinateur portable qui était posé sur son bureau et le glissa dans une mallette.

– Bon... Oubliez cette histoire de téléphone. Vous allez m'accompagner : nous allons écouter ce qu'ont à nous dire les parents du petit Dimitri. C'est bien l'anniversaire de leur fils qui a tout déclenché. Je pense qu'ils sont eux-mêmes victimes de cette machination, mais sait-on jamais ?

III.

La salle d'interrogatoire était une pièce aux murs aveugles. Deux personnes y attendaient les policiers. Un homme en veste de sport, les cheveux ras et une blonde peroxydée, visiblement le père et la mère du petit Dimitri. Il y avait aussi, un peu en retrait, un troisième personnage ; un type en costume, porte-document à la main. Surpris par la présence de cet inconnu, Tedesco lui fit un signe du menton.

– Vous êtes qui, vous ?

– Jacques Heinen, du ministère des Affaires étrangères.

– Qu'est-ce que le ministère des Affaires étrangères vient faire dans cette histoire ?

– Ces personnes sont des réfugiés, ils sont sous notre protection et nous tenons à nous assurer que cet entretien se déroule dans les meilleures conditions.

Piqué au vif, Tedesco répliqua sèchement :

– Vous nous prenez pour la Gestapo ? Monsieur et madame ne sont inculpés de rien du tout. S'ils acceptent votre présence, vous pouvez rester, mais je ne veux pas vous entendre.

C'était tellement sec que le dénommé Heinen en perdit contenance. Il marmonna quelque chose avant de se taire et de croiser les bras.

S'adressant aux époux Kovalenko, Tedesco reprit d'une voix calme et étonnamment bienveillante :

– Je vous en prie, asseyez-vous. Voulez-vous boire quelque chose ? De l'eau ? Un café ?

Les deux Ukrainiens se regardèrent, échangèrent quelques mots dans leur langue, puis ils firent « non » de la tête.

– Nous désirons mieux comprendre ce qu'il s'est passé. Quel rôle avez-vous joué dans l'organisation de cet anniversaire ? Quand exactement avez-vous déposé Dimitri ? Qui vous a accueilli ?

L'homme fronça les sourcils et haussa les épaules avant de regarder sa femme d'un air désespéré. Après quelques essais infructueux, les deux policiers réalisèrent vite que ni l'homme ni la femme ne parlait français ou allemand, pas plus bien entendu que le luxembourgeois. Ils tentèrent l'anglais, avec à peine plus de succès. La conversation tournait court.

Finalement Tedesco se tourna vers le fonctionnaire du Ministère. Celui-ci ricana.

– Je savais que vous auriez besoin de moi !

Et il enchaîna à l'adresse des parents :

– ... *Shcho stalosya ? Shcho stalosya z Dimitri ?*[1]

Cette fois, ce fut un véritable torrent qui sortit de la bouche des intéressés. Une langue étrange, aux sonorités plutôt agréables, mais dont Nicky et son collègue ne comprenaient que dalle. Cinq minutes plus tard, le sieur Heinen livrait aux policiers une synthèse de ce long et obscur discours.

– Voilà, expliqua le fonctionnaire. Il y a quelques jours de cela, les parents de Dimitri ont reçu une lettre conviant leur fils à une fête d'anniversaire. Le texte était rédigé en anglais et émanait d'une association. Comme depuis leur arrivée ils avaient déjà été invités à plusieurs

---

[1] Que s'est-il passé ? Qu'est-il arrivé à Dimitri ?

événements, ils ne se sont pas méfiés et, le jour dit, ils ont conduit leur fils au lieu de rendez-vous. Ils ont été accueillis par une jeune fille extrêmement aimable, qui a pris en charge Dimitri. Quand ils sont revenus le chercher, il y avait beaucoup de monde. Les enfants n'étant pas là, ils les ont crus partis à une sorte d'excursion. Mais la police est arrivée ensuite et ils ont alors compris qu'il y avait un problème. Ils demandent ce qu'il se passe et quand ils pourront revoir leur fils. À cause de la guerre, ils ont très peur.

— En quoi consistait exactement cette invitation en anglais qu'ils ont reçue ?

Sur un signe de Heinen, le père fouilla dans ses poches, puis tendit à Tedesco une enveloppe bleue toute froissée. Celui-ci l'ouvrit et en déplia le contenu.

C'était un texte assez court priant simplement les parents de déposer leur fils Dimitri à une « Birthday party », avec la date, le lieu et l'heure. On y insistait sur la présence de leur fils. Sans plus.

Sous le texte, une signature illisible et la mention d'un certain J.Blannen, Président.

La lettre était agrémentée d'un logo représentant deux mains qui se serrent et surmontant la raison sociale de l'association : « Bienvenue chez nous. A.S.B.L. »

— Bon, monsieur Heinen. Expliquez à ces personnes que nous les remercions pour leur aide et qu'ils peuvent rentrer chez eux. Assurez-les que la police luxembourgeoise fait tout pour retrouver leur fils.

Tedesco les fit raccompagner. Avant de quitter la salle, Heinen s'adressa une dernière fois au policier.

— Tenez-moi au courant des suites de l'enquête. Je leur servirai d'intermédiaire. Si on apprend que des gens venus chercher l'asile au Luxembourg sont victimes d'un kidnapping, ça va jaser. Vous avez intérêt à retrouver ce garçon indemne !

Et il remit à Sandro Tedesco une carte de visite que ce dernier empocha sans un mot. Le fonctionnaire était à peine parti que le policier marmonna :

– Si cet *Aaschlach*[1] s'imagine que je vais me mettre à son service, il se fourre le doigt dans l'œil. Tout ça parce qu'il baragouine le russe !

– L'ukrainien.

– Oui, bon. Au lieu de faire la maligne, retournez dans mon bureau et essayez de me retrouver la trace de cette fameuse association « Bienvenue chez nous ».

Nicky s'exécuta.

---

[1] Littéralement : « trou du cul ».

IV.

Dans le bureau de Tedesco, Nicky retrouva Joé Thill qui n'avait pas bougé d'un pouce et continuait de pianoter derrière son écran.

– Vous pouvez m'aider ? On m'a dit que j'aurais besoin d'un PC.

Il la fixa de ses yeux de poisson.

– Pour quoi faire ?

– Je dois faire des recherches sur Internet.

Il désigna un poste qui se trouvait sous la fenêtre.

– Mettez-vous là !

Toujours aussi sympa.

Nicky ignora superbement son vis-à-vis et se mit au travail. Elle saisit ses identifiants personnels qui lui donnaient ici aussi accès au serveur de la Police et à un Internet sécurisé.

Rapidement, elle constata qu'il y avait bien un site au nom de l'association. On y découvrait une large photo d'enfants de toutes origines jouant dans un parc. Dans la rubrique « Qui nous sommes », on expliquait que l'association poursuivait comme objectif « l'intégration harmonieuse des réfugiés dans l'environnement luxembourgeois », et qu'elle organisait dans ce but « des rencontres très enrichissantes entre citoyens luxembourgeois et réfugiés ».

Mais mettre en ligne un tel site n'était pas bien difficile. Nicky avait d'ailleurs aidé Sandra à créer le sien pour son magasin. En outre, en fait de contact, le site ne mentionnait qu'une adresse mail, ni adresse postale ni téléphone.

Le site était hébergé aux États-Unis, mais Nicky ne réussit pas à en identifier le propriétaire. Elle apprit seulement qu'il avait été créé deux semaines plus tôt. La jeune fille effectua ensuite quelques recherches sur Google. Nulle part elle ne trouvait trace d'une activité quelconque de cette association. Et pour couronner le tout, il s'avéra que l'A.S.B.L. n'était pas recensée comme elle aurait dû l'être dans le Registre du commerce et des sociétés.

Pour Nicky, une chose était claire : « Bienvenue chez nous » n'était rien d'autre qu'un truc bidon monté pour la circonstance dans le cas où, après avoir reçu l'invitation, les parents de Dimitri ou ses proches auraient effectué quelques rapides vérifications.

V.

Alors que Nicky Roeder était aux prises avec l'association « Bienvenue chez nous », un certain Jean-Pierre Biren, commissaire du gouvernement, venait de se voir attribuer une mission aussi insolite que pressante : prélever dans les fonds spéciaux du gouvernement 11 400 000 € (onze millions quatre cent mille euros) et en assurer en moins de 6 heures (360 minutes) le transfert vers les comptes de 57 associations et sociétés diverses.

Cheveux gris, trente ans de métier, il fallait bien cela pour naviguer dans les arcanes d'une administration dont il devait être l'un des seuls à maîtriser toutes les subtilités. Jean-Pierre Biren courait d'un bureau à l'autre pour obtenir les signatures qui l'autoriseraient à effectuer le prélèvement. Il lui faudrait ensuite sortir de leur léthargie une palanquée de fonctionnaires afin qu'ils préparent le transfert de ces sommes vers les heureux bénéficiaires de cet incompréhensible cadeau gouvernemental.

Pendant ce temps, sur le site de Hamm, les téléphones chauffaient : rappel du personnel en congé, contacts répétés avec les services de police belges, français, allemands, Europol, Interpol et le CCPD, centre de coopération policière et douanière. Ceux qui n'étaient pas au téléphone parcouraient compulsivement le nouveau fichier central de la police, y recherchant des individus en fuite, en liberté surveillée, des pédophiles, des braqueurs et autres amateurs de prises d'otage.

Mais au grand dam du procureur Wagner, malgré toutes ces investigations, l'heure qui suivit n'apporta rien de neuf. Personne n'avait vu de car conduit par des kidnappeurs, et dans les pays voisins on ne trouvait nulle trace de la séquestration d'un groupe d'une vingtaine d'enfants.

Fin de matinée, l'enquête était donc au point mort quand une certaine Lucie se présenta au commissariat de Steinfort.

VI.

Arnauld Blanchard touchait rarement à l'alcool. La veille, il s'était pourtant enfilé deux ou trois verres de cognac. Ce matin, évidemment, il avait un solide mal de crâne. La situation dans laquelle il se trouvait lui échappait complètement, lui cet homme d'ordre, modèle d'organisation et de prévoyance.

La découverte dans sa boîte aux lettres de cette maudite demande de rançon avait achevé de le mettre hors de lui. Furibond, il chiffonna et jeta le message, avant finalement d'aller le récupérer dans la poubelle. 600 000 euros ! Tout son portefeuille en bourse allait y passer ! Dans la foulée, il perdrait son statut de *Top Investor* sur la plate-forme de trading eToro. Pire, il lui faudrait aussi mettre au mont-de-piété leur maison de vacances à Chantilly... Mais au diable tout cela si ce délestage financier avait la moindre chance de lui ramener Noémie !

Très énervé, il se rendit avec son épouse là où on les avait conviés pour rencontrer les autorités. Ce ne fut pas pour l'apaiser. Faute de mieux, en effet, les parents avaient été réunis dans une des salles de classe de l'école communale. Le procureur et la direction de la police avaient jugé préférable d'y confiner les parents le temps que la situation s'éclaircisse, histoire d'éviter les débordements et les épanchements émotionnels dans les médias.

On leur avait servi des propos rassurants. La police suivait des pistes sérieuses, tout était fait pour retrouver les enfants, et c'est le procureur en personne qui viendrait plus tard faire le point avec eux. Une réunion était prévue à la mairie dans le courant de l'après-midi.

Mais si on avait cantonné les parents dans cette petite salle dans l'espoir de les contenir, c'était sans compter sur Internet et les réseaux sociaux dont plusieurs firent rapidement un usage intensif. Famille et amis étaient déjà au courant du drame qui frappait ces parents et certains avaient entrepris leurs recherches personnelles sur le Net. Le nombre d'affaires qu'ils y découvraient, la plupart du temps terminées tragiquement, n'était pas pour les rassurer.

Arnauld Blanchard, lui, coincé dans un siège trop petit, avait bien du mal de se contenir. Il se rongeait les ongles et tentait vainement de consoler sa femme qui pleurait. Il y a 24 heures, tout roulait dans leur vie. Le cours des choses semblait si naturel, au point qu'on en oubliait qu'à tout moment tout pouvait déraper. Et en ces circonstances, ce consultant si sûr de lui qui écumait les conseils d'administration et les salles de marché, se retrouvait soudain complètement démuni. Et il le sentait : en réalité, malgré les déclarations teintées d'optimisme, la police pataugeait.

Vers midi, on apporta des sandwichs et des boissons fraîches. Un pain surprise, des canapés et des macarons de chez Namur auxquels cette fois personne ne fit grand honneur.

Nicky Roeder savait maintenant tout ce qu'il y avait à savoir sur l'association « Bienvenue chez nous ». Alors, que faire de plus ? Les minutes passaient et Tedesco ne revenait pas. L'avait-il oubliée ?

Joé Thill était toujours réfugié derrière son poste de travail dont on entendait les clapotis du clavier. Aux questions que Nicky lui adressa, il répondit par des monosyllabes. Nicky s'interrogeait.

Que fabriquait-elle là ? Avec un type qui lui tirait la gueule et un autre qui la laissait croupir dans son bureau.

À cet instant, elle aurait pu être tout simplement à la réception de son commissariat, expédiant les affaires courantes, classant les plaintes, écoutant d'une oreille distraite les petits potins que distillait son collègue Rui. Alors pourquoi s'être jetée tête baissée dans cette enquête de la PJ ? À la réflexion, ce n'était pas uniquement par ambition professionnelle qu'elle s'était poussée en première ligne. Oui, bien entendu, être sur une vraie enquête, c'était grisant. Mais il y avait Sandra. Sa seule véritable amie. Sandra était une fille extrêmement sensible. Nicky savait bien que s'il advenait quoi que ce soit à sa fille Gabriela, elle ne s'en remettrait pas. Pour ne rien arranger, il y avait ce qu'elle avait appris une semaine plus tôt : Sandra était enceinte. Ce n'était vraiment pas le moment de la bousculer.

En attendant, en fait de participation active aux recherches, Nicky se tournait les pouces.

La jeune femme partit dans les couloirs à la recherche des toilettes. En revenant, elle entrevit Tedesco dans le bureau du commissaire Araujo. Elle n'osa pas les déranger et retourna à sa placel.

Il était onze heures quand enfin la longue silhouette de son supérieur se dessina dans l'encadrement de la porte.

– Nicky, suivez-moi, j'ai quelqu'un à vous présenter.

VIII.

Nicky galopa comme elle put derrière Tedesco qui allongeait sa grande foulée dans les couloirs.

– Vous savez monsieur Tedesco, l'association « Bienvenue chez nous », elle est bidon.

– Appelez-moi Sandro, comme tout le monde.

– Ah, je... Sandro, l'association...

– Oui, elle est bidon, je m'en doutais. Mais il fallait vérifier.

– Au fait, il fait quoi exactement celui qui est dans le bureau avec moi, ce Joé Thill ?

– C'est un civil. Il travaille pour la Cyber force. Un crack, il paraît. C'est lui qui doit contrôler les transferts de fonds que va effectuer l'administration. Il a obtenu les accès à certains des comptes bénéficiaires. Il ne s'agit pas de se planter si on veut revoir ces gosses ! Quel bordel !

– J'ai l'impression qu'il me tire la gueule.

– C'est normal. Il est comme ça avec tout le monde. Si vous voulez bosser entourée uniquement de gens charmants, serviables et aimables, ce n'est pas ici qu'il faut poser votre sac !

Cela, Nicky l'avait déjà compris.

– Vous vouliez me présenter quelqu'un ?

– Ah oui, justement ! À propos de gens serviables... Je ne sais pas quel est le con qui a alerté la presse, mais cela a eu au moins un intérêt : on a retrouvé la fameuse Lucie !

– Lucie ?

– L'animatrice au masque de clown qui accueillait les enfants. C'est une fille d'Arlon qui s'est présentée spontanément après avoir entendu les informations sur une radio locale.

– Que sait-on d'elle ?

– Selon sa carte d'identité, elle s'appelle Lambotte, elle a 19 ans et est de nationalité belge. Nous en saurons plus très bientôt.

Ils arrivèrent en salle d'interrogatoire. La fameuse Lucie se tenait devant eux, pâle comme un linge. Quand elle vit entrer les policiers, elle bredouilla en retenant ses larmes :

– Je... je n'ai rien fait de mal, je vous le jure.

Elle avait une jolie petite frimousse constellée de taches de rousseur et un léger maquillage qui faisait ressortir ses yeux bleus. Sa lèvre inférieure tremblait tant elle était nerveuse.

Nicky Roeder et Tedesco le sentaient tous les deux, cette fille était au bord de la crise de nerfs. Si elle craquait, elle ne leur serait plus utile à grand-chose. Tedesco adressa à Nicky un regard appuyé. À son grand étonnement, cela ne voulait pas dire « taisez-vous », mais plutôt « prenez le relais ». Ce qu'elle fit, passé un moment de surprise.

– Bonjour mademoiselle Lambotte, voici l'inspecteur Tedesco. Moi, je m'appelle Nicky. Rassurez-vous, vous n'êtes accusée de rien. Nous voudrions simplement que vous nous expliquiez ce qu'il s'est passé hier avec les enfants.

C'est alors qu'entre deux sanglots, la jeune fille leur conta une histoire bien étrange.

Une semaine plus tôt, elle avait été contactée par un charmant monsieur, président d'une association caritative. Cette association souhaitait fêter dignement l'anniversaire d'un enfant dont les parents, réfugiés, venaient d'arriver dans une commune du Luxembourg. Ce devait être une fête inoubliable et vers seize heures arriverait une surprise qui ne serait dévoilée aux bambins et aux parents qu'en dernière minute. L'après-midi commença pour le mieux. Filles et garçons s'amusaient comme des petits fous, se prêtant dans un joyeux chahut à tous les jeux que proposait Lucie. Puis, à seize heures, comme convenu, un autocar et des animatrices vinrent chercher les enfants pour les emmener pour cette mystérieuse surprise. De toute bonne foi, Lucie Lambotte avait donc passé le relais aux autres animatrices et laissé les enfants s'éloigner en autocar. Elle avait ensuite rassemblé ses affaires et plié bagage.

– Comment s'appelait cette association qui vous a contactée ?

– Un nom comme « Bienvenue quelque chose ».

– « Bienvenue chez nous » ?

– Oui, c'est cela.

Évidemment.

À ce stade Tedesco intervint.

– Ce monsieur qui vous a appelé, il parlait français ?

– Oui.

– Il avait un accent ?

– Je ne suis pas certaine. Un léger accent peut-être.

– Vous pouvez être plus précise ?

– Un accent allemand ? Je ne suis vraiment pas sûre de moi. C'était très léger et nous avons parlé moins d'une minute, le temps qu'il me donne l'adresse.

– Comment cette personne vous a-t-elle trouvée ?

– J'ai un blog qui s'appelle « Lucy Happy Day » et où je propose d'organiser des anniversaires comme celui-là.

– Vous avez été payée ?

– Une enveloppe m'attendait sur la table du jardin. C'était prévu.

– Vous étiez seule pour vous occuper d'une vingtaine de gosses ?

– Non. Nous faisons toujours cela à plusieurs. Mon cousin s'occupait du château gonflable, et avec mon amie on a organisé les jeux.

– Et à part les parents, personne ne s'est présenté à cette fête d'anniversaire ?

– Non. Personne. Enfin si... les animatrices qui ont pris le relais à quatre heures.

– Vous pouvez nous les décrire ?

– Il n'y en a qu'une que j'ai vue de près. Une Allemande qui parlait plus ou moins bien français. Elle était blonde, plutôt grande. Plus grande que moi.

– Quel âge ?

– Peut-être trente ans ? Mais pas plus. Je l'ai trouvée un peu âgée pour être animatrice.

– Que vous a-t-elle dit ?

– Bonjour, puis qu'elle emmenait les enfants, et que le bus les attendait.

– Elle n'a rien dit de plus ?

– J'ai demandé où allaient les enfants. Elle a mis un doigt sur la bouche et dit que c'était une surprise. Puis, elle a filé, car les petits étaient tous très excités. Moi, j'ai commencé à rassembler ce que je devais emporter. On avait un autre anniversaire dans la soirée. Alors, on est partis.

– Vous êtes partis ? s'étonna Nicky.

– C'était convenu avec le monsieur qu'on reviendrait en semaine finir de ranger et démonter le château.

– Je commence à comprendre, dit Tedesco. Du moins en ce qui vous concerne.

Il regarda sa montre. Le temps pressait et ils ne tireraient rien de plus de cette demoiselle.

– Maintenant, que va-t-il m'arriver ? s'inquiéta la jeune fille.

– Mais rien du tout, répliqua Tedesco. Je vais enregistrer votre déposition et y reprendre ce que vous nous avez expliqué. Puis le service de police technique va établir avec vous un portrait-robot de cette Allemande. Pour le reste, je ne vois pas la nécessité de vous retenir, mais vous êtes notre seul témoin, surtout restez joignable.

À midi les deux policiers avaient quitté la salle, abandonnant la jeune fille à un technicien de la CPS[1].

– Vous vous en êtes bien tirée, fit remarquer Tedesco. Vous avez déjà pratiqué des interrogatoires ?

– Euh... C'était mon premier.

– Entre filles, ça se passe beaucoup mieux !

« Entre filles » ? Un compliment, puis une gifle. Ce type commence à me gonfler.

– C'est comme vous tantôt avec le type du ministère !

– Quoi, le type du ministère ?

– « Entre mecs, ça se passe beaucoup mieux » !

Tedesco s'arrêta. Il fixa Nicky et il émit une sorte de grognement, mais ses yeux riaient.

– C'est pas tout ça. Vous et moi, on se retrouve ici à 14 heures. Nous filerons ensemble à la réunion d'info pour les parents. D'ici là, allez faire un tour et mangez un morceau.

– Et vous ?

---

[1] Cellule de Police scientifique.

– Pas le temps. Je dois informer le commissaire et le procureur.

Nicky mit immédiatement à profit ce moment de liberté que lui accordait sèchement Tedesco pour quitter Hamm. En roulant, elle prit rapidement des nouvelles de Lea. Tout allait bien. Tant mieux. Elle passa ensuite chez Auchan faire en vitesse quelques achats, dont un sandwich jambon-fromage qu'elle mangea dans la voiture en écoutant les infos.

Sans grande surprise, le sujet du jour était l'enlèvement des enfants. De l'affaire, les médias ne savaient rien ou si peu, ce qui ne les empêchait nullement de broder. On ne manqua pas d'évoquer le terrible précédent qui, en effet, avait eu lieu en mai 2000 à Wasserbillig. Une quarantaine d'enfants et leurs éducatrices avaient passé plus de 24 heures sous la menace d'un Tunisien armé d'un pistolet et d'une grenade. Des policiers déguisés en journalistes lui avaient logé deux balles dans la tête. Ce qui est dingue, c'est que le gars avait survécu. Après ce rappel historique, un psy vint faire ses commentaires sur le profil présumé des agresseurs, puis sur l'impact pour les enfants du choc émotionnel que représentait un enlèvement. Enfin, ce fut un spécialiste en matière de sécurité et d'enquêtes de police qui décrivit avec force détails les opérations qu'étaient censées mener les forces de l'ordre.

Nicky eut bien du mal à trouver sa place dans ce scénario digne d'une série policière.

Mais déjà il était temps de repartir vers Hamm pour y retrouver son désagréable mentor !

IX.

Dans cette salle qui accueillait habituellement les mariages et les réunions des diverses associations de la commune on avait entassé plusieurs dizaines de parents et les représentants des autorités. Les murs étaient décorés de vues d'artistes et de lourdes tentures avaient été tirées afin de garantir la confidentialité des propos qui allaient être tenus. Il faisait trop chaud, et cette ambiance baignée de lumière artificielle avait quelque chose d'irréel.

Quatre rangées de chaises métalliques étaient occupées par les parents et face à eux, derrière une série de tables, siégeaient magistrat, policiers et élus.

Wagner, le procureur, était si large qu'il occupait à lui seul l'une des tables. La mimique soucieuse qu'il offrait n'était pas pour rassurer les parents. À ses côtés, nerveux, se balançant sur sa chaise, le commissaire Araujo, puis tout aussi fiévreux, Jean-Marc Bertemes, le bourgmestre. Une paire de lunettes de lecture sur le bout du nez, celui-ci faisait semblant de consulter ses papiers. À le voir, on imaginait sans peine qu'il regrettait intérieurement d'avoir remporté pour quelque cinquante voix les dernières élections communales. Et pour ces cinquante voix, voilà qu'il était jeté dans la fosse aux lions. S'il avait su ! Ses administrés ne lui pardonneraient jamais de ne pas avoir réussi à éviter la disparition de ces dix-neuf enfants. Il n'y était pour rien, certes, mais la politique est ainsi faite. En tout état de cause, il n'avait probablement pas la carrure pour supporter de tels événements !

Nicky et Tedesco venaient d'arriver et ils se tenaient dans le fond avec plusieurs autres policiers. Ils étaient là en observateurs ou pour recueillir les éventuelles informations que des parents auraient à communiquer suite à la réunion. Nicky Roeder remarqua dans la salle la profileuse, Lydia Vandekerckhove, qui avait discrètement pris place parmi le public.

Des conversations en plusieurs langues résonnaient dans la pièce, mais quand de sa voix grave le procureur Wagner se mit à parler, le chahut cessa instantanément et tous les regards se portèrent vers les autorités. Ces autorités dont on attendait enfin des réponses et si possible des signes d'espoir.

– Nous vous avons réunis aujourd'hui pour faire le point. Volontairement, les journalistes n'ont pas été conviés. Je tenais à ce que nous restions entre nous. Je vous serais d'ailleurs reconnaissant de ne pas mêler la presse à notre enquête, cela ne ferait qu'ajouter à la confusion.

Arnauld Blanchard baissa les yeux. C'est lui qui, la veille, avait appelé RTL.

– Voici donc où nous en sommes, poursuivit le magistrat. L'anniversaire auquel ont été invités vos enfants n'était qu'un subterfuge pour les rassembler hors de la présence des parents. La jeune fille que certains d'entre vous nous ont signalée s'est présentée d'elle-même aux autorités. Cette personne avait été mandatée et payée par une association pour animer les deux premières heures d'un anniversaire. Avec l'aide d'une amie, c'est donc ce qu'elle a fait. Vers seize heures, nous a-t-elle expliqué, les enfants ont été emmenés en bus par d'autres animatrices qu'elle ne connaissait pas. La destination du bus ne lui a pas été communiquée. À mon grand regret, toutes nos tentatives pour retrouver la trace de ce véhicule ont été vaines, mais nous n'excluons pas qu'il soit parti en direction de l'Allemagne.

Ignorant les murmures qui parcouraient l'auditoire, le procureur brandit une enveloppe bleue que protégeait une pochette plastifiée.

– ... Ce matin, la plupart d'entre vous ont reçu un courrier de ce type. On y réclame le versement de plusieurs centaines de milliers d'euros à diverses associations.

Un cri jaillit du public.

– C'est impossible ! Comment voulez-vous que nous payions une telle somme ? C'est de la folie !

C'était Sandra. D'habitude si réservée, elle laissait alors libre cours à sa colère et son angoisse.

D'autres parents embrayèrent.

– Mais évidemment, c'est dingue. 600 000 euros ! On nous prend pour des fonctionnaires ?

Le procureur tiqua. Il était lui-même fonctionnaire et n'avait pourtant pas 600 000 euros sous la main. En vendant sa maison de Bridel sans doute, oui, il en tirerait au moins trois ou quatre fois ça, mais bon, là n'était pas la question. Il leva la main pour faire taire les mécontents et les inquiets.

– Laissez-moi terminer ! Nous ne voulons pas prendre le moindre risque avec la vie de vos enfants. Ce midi, les fonds seront mis à disposition par le gouvernement afin de répondre aux exigences des ravisseurs. Remettez-nous toutes ces enveloppes et nous procéderons immédiatement aux transferts. Je me dois à nouveau d'insister, cela doit rester strictement confidentiel ! Seules les autorités compétentes sont informées de cette transaction.

Cette fois, plusieurs personnes opinèrent du bonnet et on entendit de-ci de-là des soupirs de soulagement.

— Avez-vous des questions ?

— Est-ce que les pays voisins ont été prévenus ?

— Bien entendu. En particulier nos collègues allemands. Ceux-ci s'intéressent à deux individus qui se sont récemment rendus responsables de rapts d'enfants. Ils les recherchent activement, mais nous craignons que ce ne soit qu'une fausse piste. Les demandes de rançon que vous avez reçues sont d'ailleurs rédigées en excellent français.

Arnauld Blanchard se leva et alors que sa femme tentait vainement de le tirer par la manche, il s'adressa au magistrat.

— Pourquoi n'avez-vous pas creusé la piste ukrainienne ou russe ? Et d'ailleurs, pourquoi les parents de ce fameux Dimitri ne sont-ils pas là ?

— Monsieur et madame Kovalenko ne comprennent rien à ce qu'il s'est passé. Ils avaient quitté leur pays pour se mettre en sécurité et voilà qu'ils se retrouvent bien malgré eux mêlés à une histoire d'enlèvement. Je vous rappelle que leur fils compte parmi les disparus, alors n'ajoutez pas à leur malheur vos soupçons totalement déplacés.

Arnauld Blanchard ouvrit la bouche pour protester, mais finalement, sur l'insistance de sa femme, il se le tint pour dit et s'assit.

Ce fut au tour de la mère de Nolan d'intervenir. Elle était portugaise et tenait avec son époux un restaurant gastronomique dans la commune.

– Pourquoi la presse n'est-elle pas présente ? Je ne comprends vraiment pas pourquoi vous voulez la tenir en dehors de l'enquête. Ne vous en déplaise, c'est souvent grâce aux journalistes qu'on a pu résoudre des histoires d'enlèvement,

– Je ne partage pas cette opinion, madame. Néanmoins, en temps utile, je recevrai les médias. Une conférence de presse devrait avoir lieu demain matin. En attendant, nous poursuivons nos investigations. Nous n'excluons aucune piste. Le LNS nous réalise en urgence une recherche ADN sur plusieurs des lettres que vous avez reçues.

Wagner rassembla ses papiers, marquant la fin de la séance.

– Avant de nous quitter, je demande à ceux qui ne l'auraient pas encore fait de nous remettre les enveloppes encore en leur possession.

Une voix parvint alors du fond de la salle. Le père de Sam, hors de lui !

– *An dat ass alles ? Fäerdeg ?*[1] Vous nous lâchez deux ou trois infos, l'argent de la rançon, et vous nous laissez ? Vous semblez oublier que c'est la vie de nos enfants qui est en jeu. Nous ne pouvons pas rester à attendre. Cette dame a raison. Nous devons de suite impliquer la presse et faire à la télé un appel aux ravisseurs !

– En aucun cas ! Un appel via les médias serait parfaitement inutile, puisque les ravisseurs nous ont déjà communiqué leurs conditions. Ça risque au mieux de les agacer. Nous nous reverrons demain matin ici même pour un

---

[1] Et c'est tout ? Fini ?

nouveau point. D'ici là ne faites rien qui puisse compromettre le travail de la police.

Le procureur sortit, laissant une assemblée contrariée. Certains, soulagés de ne point avoir à débourser une somme dont ils ne disposaient pas, d'autres inquiets d'avoir perçu dans les propos du magistrat l'embarras, voire l'impuissance des autorités.

X.

Araujo, Tedesco et Nicky Roeder quittèrent ensemble la salle des mariages.

— Je vais rejoindre le procureur, expliqua le commissaire Araujo. Nous devons régler cette histoire de transferts. Vous, retournez à Hamm, voir où en sont les autres. S'il y a du nouveau, appelez-moi de suite !

Nicky et Sandro Tedesco marchèrent vers la voiture qu'ils avaient laissée à quelques pas de la mairie.

— Le procureur s'en est bien sorti avec les parents, commenta Nicky.

— Peut-être, mais c'est difficile de cacher qu'on pédale dans la semoule. En plus, il n'aurait pas dû parler des Allemands.

— Pourquoi ?

— Il y a un mois, deux gosses ont disparu à Saarbrücken. On les a retrouvés morts. Il suffit d'un tour sur Internet et les parents feront vite le rapprochement.

Nick eut un frisson.

— Les enfants ? Morts ?

— Oui, parfois cela se termine très mal. Les otages sont des témoins gênants. C'est la raison pour laquelle il nous faut les retrouver au plus vite. Plus le temps passe, plus nos chances s'amoindrissent !

La portière claqua et la voiture démarra. Quelques minutes plus tard, ils montaient sur le contournement. Alors qu'ils approchaient du tunnel de Cents, ils durent ralentir puis s'arrêter derrière une voiture qui avait allumé ses feux de détresse. Un camion freina bruyamment dans la bande de circulation voisine, et celle-ci se figea à son tour.

— À nouveau un accident, un pneu crevé ou que sais-je encore. Si je tenais le crétin qui a dessiné ce contournement à deux bandes...

Indifférente à ces perturbations, Nicky ne se remettait pas de cette image horrible d'enfants assassinés. Elle pensa à la petite Gabriela, avec laquelle elle avait si souvent joué ; elle pensa à Lea, heureusement bien en sécurité avec la mère de Sandra.

— On ne peut pas faire cela à des enfants. Qui en serait capable ? Le plus horrible des criminels en serait lui-même révulsé !

— Je pense qu'après quelques années d'expérience dans la police, vous verrez les choses autrement !

— J'espère pas !

À cet instant, aussi soudainement qu'il s'était arrêté, le trafic reprit.

— Je peux vous demander un truc, Sandro ?

— Allez-y.

— À quoi rime le versement de la rançon à tous ces gens ? Des dizaines d'associations, des humanitaires, des crèches, de l'aide à l'enfance et que sais-je encore ? Dans la liste il y a même un club de tai-chi et une société philatélique ! C'est un peu n'importe quoi !

— Les types veulent tout simplement jouer les bienfaiteurs en saupoudrant tout ce beau monde d'argent public. Mais en fin de compte, je ne vois pas trop l'intérêt.

— Et s'ils nous mijotaient un coup à la Casa de Papel ?

— C'est quoi ça ?

— Une série sur Netflix.

— Connais pas !

– Vous devriez... Et dans cette histoire, ce sont les méchants qui gagnent !

Il haussa les épaules.

– À propos, Nicky, je ne vous ai pas dit. Pour l'idée du téléphone des gosses, vous n'aviez pas tort.

– Ah ?

– Un des enfants en avait un. Le petit Sam. Mais si j'ai bien compris, c'est un modèle avec lequel il sait seulement appeler et envoyer des SMS.

– Et alors ?

– On l'a tracé à partir des émetteurs GSM. Malheureusement, il a cessé d'émettre, probablement en montant sur le contournement. Panne de batterie.

– Le contournement, ça ne nous aide pas beaucoup. De là, ils pouvaient partir vers l'Allemagne, la France ou la Belgique.

– Ça valait la peine de vérifier... Voilà. Nous sommes arrivés !

Le ciel moucheté de nuages se reflétait sur la façade vitrée du 24 rue de Bitbourg.

Ils passèrent à l'arrière du bâtiment et y garèrent la voiture de service.

– Bon, conclut Tedesco, je vais rester aux côtés de Thill pour assurer la liaison avec les différentes associations. Une autre équipe va les mettre sur écoute. Il n'est pas exclu que les ravisseurs les contactent pour s'assurer du versement des sommes convenues.

– Et moi qu'est-ce que je fais ?

– Il est tard. Rentrez chez vous. Nous nous reverrons demain.

XI.

Quand Nicky arriva chez Sandra pour récupérer Lea, elle y découvrit le living grouillant de monde. Tous les Portugais de la rue semblaient s'être donné rendez-vous dans le modeste appartement de son amie. Sans aucun doute étaient-ils là moins pour la réconforter que pour lui soutirer des nouvelles exclusives de l'enlèvement. Que Nicky était policière était une chose connue et tous se détournèrent de Sandra pour l'assaillir de questions.

– Je ne peux rien dire, je suis désolée.

– Mais vous en êtes où ? Sur RTL, ils parlent de la mafia albanaise.

– Je ne peux rien dire, je suis désolée.

– Et c'est qui ce Dimitri ? Un Ukrainien ?

– Je ne peux rien dire.

– Sait-on qui sont les ravisseurs ?

La moutarde, soudain, lui monta au nez.

– Foutez-moi la paix ! Sandra désolée, je dois te laisser.

Lea dans les bras, la jeune femme réussit à s'extraire de cette trop intrusive fête des voisins.

En regagnant sa voiture, Nicky se réjouit d'avoir réussi à tenir sa langue. Sa mère pourtant l'avait toujours considérée comme une petite diablesse indomptable, têtue, d'une imagination débordante et surtout impossible à faire taire. Avait-elle compris que Nicky avait changé ? Aujourd'hui, elle contrôlait ses pulsions, ses colères et savait tenir sa langue quand il le fallait. Enfin, pas toujours. Le « foutez-moi la paix » était peut-être encore de trop.

Un quart d'heure plus tard, elle passait la porte de son appartement quand son téléphone sonna.

Michaël. Le copain pot de colle.

C'était bien le moment.

– Salut Mick.

– Je voulais prendre de tes nouvelles. Ça fait longtemps qu'on ne s'est plus parlé.

– Oui, au moins une semaine ! Désolé Mick, mais j'ai beaucoup de boulot, d'ailleurs je dois te laisser. Je suis sur un truc.

– On pourrait manger ensemble un de ces soirs ?

– Là, j'ai vraiment pas le temps.

– Un midi alors ?

– On verra, on se rappelle. Bises.

Et elle raccrocha.

Nicky attendait avec inquiétude le jour où il lui ferait vraiment des avances et où elle devrait le rembarrer. D'un autre côté, elle était contente de pouvoir compter sur lui à tout moment pour régler les menus problèmes de sa vie de mère célibataire, comme ces baby-sittings à des heures indues, et elle avait un peu honte d'abuser ainsi de sa gentillesse... Un peu seulement. Ses attentions lui faisaient parfois du bien. Elle avait d'ailleurs toujours dans la poche de sa veste le stylo plaqué or qu'il lui avait offert pour son anniversaire.

Mais en réalité, Nicky avait sa dose des mecs, même si parfois elle rêvait du coup de foudre. Le seul qu'elle avait vécu, c'était celui qu'elle avait eu à quatorze ans pour

Edward Cullen, l'un des personnages de Twilight. Mais pour l'instant dans sa vie, elle croisait plus de petits voleurs et de flics blasés que de gentils vampires.

XII.

La nuit était tombée sur le plateau de Hamm. Tous les immeubles de bureaux avaient été désertés à l'exception de celui du 24 rue de Bitbourg. Au second étage du siège de la PJ une dizaine d'hommes veillaient. Un individu était venu s'ajouter aux équipes en place : Serge Alonzo, négociateur du GIGN, arrivé au Findel deux heures plus tôt. Il était là à la demande du procureur auquel ses amis français devaient une fleur. Fin de l'année précédente, en effet, Wagner leur avait livré pieds et poings liés un truand qu'Interpol recherchait depuis des lustres. Mais depuis son entrée dans les bureaux de la PJ, Serge Alonzo n'avait pu à aucun moment faire montre de ses talents. Il en était réduit à attendre vainement un appel du ou des ravisseurs, des ravisseurs dont le seul signe de vie était pour l'instant ces maudites lettres bleues. Pour tuer le temps, Alonzo discutait avec Lydia Vandekerckhove, espérant glaner dans les évaluations de celle-ci des informations utiles en cas où il aurait lui-même à intervenir.

Il y a peu, la consultante belge était sortie contrariée d'une discussion avec le procureur. Elle estimait qu'avec ces simples lettres, les kidnappeurs profitaient d'un canal de communication trop commode qui leur permettait de rester dans l'ombre. Elle avait suggéré de les perturber, en envoyant un message via les médias, message selon lequel le principe d'une rançon rencontrait quelques problèmes techniques et que les ravisseurs étaient invités à contacter les autorités via un canal sécurisé ouvert sur le site de la police. De cette façon ils se seraient dévoilés et Lydia Vandekerckhove ainsi que son collègue français auraient pu enfin entrer en action. Le magistrat avait catégoriquement refusé, considérant que non seulement le risque était trop grand pour les enfants, mais aussi que la ficelle était trop grosse et que leurs correspondants en seraient, au mieux, indisposés.

Pendant ce temps, au ministère des Finances, Jean-Pierre Biren finalisait les diverses opérations de transfert. Afin de garantir la mise à disposition dans les temps, les fonctionnaires avaient pris soin d'effectuer les virements à partir des banques des bénéficiaires. Depuis plusieurs heures, c'était chose faite et les comptes devaient être tous crédités des montants prévus par les ravisseurs.

De son côté, la poste avait permis la mise sous écoute d'une dizaine des associations concernées. Mais jusqu'alors, aucune communication suspecte n'avait été signalée, tout au plus quelques appels privés sans intérêt. On avait chargé Joé Thill de contacter plusieurs des responsables qui n'étaient pas couverts par les écoutes. Après chaque appel, il faisait une grimace et haussait les épaules. RAS.

Pour ce qui était des enfants, il n'y avait également aucune nouvelle. Les collègues allemands avaient localisé leurs deux pédophiles : l'un était en Indonésie, l'autre suivait une cure dans un établissement spécialisé. Cette piste menait à un cul-de-sac.

Le bureau d'à côté conduisait, lui, sa petite enquête sur les responsables des différentes associations désignées comme bénéficiaires de la rançon. On avait craint un moment que comme « Bienvenue chez nous », ces entités ne soient que de simples paravents. Ce n'était pas le cas.

Toutes les associations étaient on ne peut plus réelles. À leur tête, on tomba au cours des recherches sur des individus aussi dangereux qu'une vieille demoiselle ancienne prof de musique, un militant pacifiste professeur de Tai-chi, et une jeune puéricultrice, accessoirement cousine par alliance du ministre de l'Éducation nationale ! Donc, nouvelle fausse piste, sans aucun doute.

À vingt et une heures, Tedesco appela sa femme. Elle lui répondit d'une voix ensommeillée et s'inquiéta de son retour. Elle eut droit à la réplique habituelle : oui, il rentrait tard. Non, il ne savait pas à quelle heure.

Tedesco proposa à Thill d'aller prendre un café. Il fit simplement non de la tête et continua à pianoter.

L'inspecteur alors se demanda si tout compte fait il ne préférait pas le bavardage de la petite Roeder au mutisme de ce civil qu'on lui avait imposé.

Il se décida finalement à quitter son bureau pour se rendre à la kitchenette.

Il y croisa un collègue de la Crim'. Da Costa. Un autre adepte des heures sup.

– Alors Sandro, tu as du nouveau pour les gosses ?

– Non, rien.

Le percolateur chuinta.

– Cette histoire de rançon à payer à 50 associations est incompréhensible.

– 57 ! rectifia Tedesco. Et je ne vois vraiment pas où ces types veulent en venir.

– Si tu veux mon avis, on ne monte pas une opération pareille pour faire un coup marketing. Ça cache quelque chose de louche.

– Oui, mais quoi ?

Tedesco souhaita bonne nuit au gars de la Crim' et regagna son bureau, sa tasse à la main.

Il traînerait encore une ou deux heures, puis regagnerait ses pénates. La nuit n'apporterait plus rien de bon.

Pour passer le temps, il contrôla l'avis de recherche qu'avaient élaboré ses collègues. Si par malheur les enfants ne réapparaissaient pas dans les prochaines heures, ainsi que l'avaient promis les ravisseurs, cet avis serait communiqué aux médias. Il fit défiler le PDF à l'écran : des photos des dix-neuf enfants, leur description, celle des vêtements qu'ils portaient le jour de leur disparition. Gabriella Caprini, 7 ans, 115 cm, yeux marron, cheveux châtains, portait des leggins de couleur rose et un sweat-shirt blanc décoré d'un ourson ; Maja et Freja Petersen, 8 ans, 125 centimètres, chevelure blonde, yeux bleus, pantalon bleu et polo rose décorés de paillettes ; Sam Hoffmann, 7 ans, 130 cm, jeans gris et sweat-shirt Kenzo de couleur rouge... Et la liste se poursuivait. Le policier se sentit soudain mal à l'aise. Tous ces visages, tous ces gosses. Cette enquête n'était pas une enquête comme les autres et rien dans sa formation et sa carrière ne l'avait préparé à couvrir un tel drame. D'ailleurs, ces gosses, où étaient-ils ? Il fallait toute une logistique pour assurer la garde de tous ces mioches ! La bouffe, le coucher, etc. Un vrai mystère !

22 heures. Le policier et son vis-à-vis commençaient à sommeiller.

Le poste de Joé Thill sonna soudain. L'informaticien prit l'appel, écouta, fit répéter.

Contrarié, il passa lui-même un coup de fil. La courte conversation qui suivit sembla cette fois ébranler son impénétrable froideur.

Les sourcils froncés, l'informaticien se mit à tapoter nerveusement sur son clavier.

Puis, alors qu'il fixait son écran, il devint livide.

XIII.

Boulevard Pierre Frieden, la cité RTL s'était elle aussi vidée de la plupart de ses occupants. Seuls restaient un journaliste et une poignée de techniciens, tous regroupés autour de l'un des studios de *Télé Lëtzebuerg*. Devant eux, sous la lumière de projecteurs, Arnauld et Aline Blanchard.

D'une voix mal assurée, Arnauld Blanchard entama la lecture du papier qu'il tenait à la main.

– Ce dimanche, notre fille Noémie a été enlevée par des inconnus. Je voudrais m'adresser à eux. Noémie est une petite fille adorable, pure, innocente, qui ne demande rien d'autre que de vivre la vie des enfants de son âge. Nous sommes prêts à tout faire pour qu'elle soit libérée saine et sauve. Nous n'avons pas de haine contre vous, mais une profonde tristesse. Rendez-nous notre fille !

Ses lèvres tremblaient, mais il poursuivit.

– ... Et qui que vous soyez, je vous en supplie, ne faites pas de mal à notre petite Noémie !

Il regarda son papier, puis la caméra, incapable d'ajouter un mot. Mais qu'y avait-il à dire de plus ?

Sur un signe du journaliste le technicien coupa l'enregistrement. La prise était bonne. Le message passerait le lendemain dans une édition spéciale qui était planifiée à la place du Radio Web TV de la matinée.

XIV.

Alerté par Tedesco, le commissaire Araujo venait de débarquer dans le bureau.

Joé Thill y contemplait toujours son écran d'un air interdit.

– Les comptes des bénéficiaires...

– Quoi, les comptes ?

– Les comptes ont été vidés.

– Lesquels ?

– Tous ceux que j'ai pu contrôler !

Ce fut au tour du procureur de faire son entrée.

– Alors, que se passe-t-il encore ? Vous avez vu l'heure ?

Quand il comprit ce qui justifiait la mine défaite de ses interlocuteurs, le magistrat devint rouge de colère.

– Pourquoi n'avez-vous pas bloqué ces comptes ?

– Les bloquer ? Des dizaines de comptes dans trois banques différentes ? Et à onze heures du soir ?

Le procureur frappa le bureau du poing.

– Appelez-moi le CERT[1] !

– Les gars de la cybersécurité ? Maintenant ?

– Évidemment, maintenant ! Pas la semaine prochaine ! Je veux savoir où est parti ce fric, vous comprenez ?

Il criait. Rugissait.

Mais il eut beau faire : plus de 11 millions d'euros de deniers publics venaient de se faire la malle.

---

[1] « Computer Emergency Response Team », l'équipe d'intervention en charge des urgences informatiques pour le gouvernement du Grand-Duché de Luxembourg.

MARDI.

I.

La journée précédente avait été vive en émotions et le sommeil avait terrassé Nicky dès qu'elle s'était mise au lit. Quand elle s'éveilla, il était déjà près de sept heures. Elle écouta la radio en préparant le déjeuner. Les médias passaient en boucle le message du père de l'un des enfants. « Je vous en supplie, disait-il la voix tremblante, ne faites pas de mal à notre petite Noémie ! ».

C'était touchant, mais cela laissait Nicky Roeder sceptique.

Le proc a sans doute raison. Ça ne servira à rien. Les ravisseurs veulent leur fric, et c'est tout !

La jeune femme s'empara de son téléphone. Jouant du pouce, elle surfa rapidement sur les pages de plusieurs quotidiens. Sous le titre « Rendez-nous nos enfants », L'Essentiel reprenait le message du père de Noémie. Le Soir belge en faisait autant, s'épanchant sur la tragédie qui frappait leur petit pays voisin. Il y avait aussi un article en une du Figaro, mais Nicky n'alla pas plus loin dans sa lecture, car Lea, sortie seule de son lit, venait de la rejoindre dans la cuisine. Avec ses cheveux tout ébouriffés et son joli sourire, elle était vraiment craquante. Nicky ne put s'empêcher de penser à ce que devaient ressentir les autres parents. On n'avait pas le droit de faire une chose aussi horrible à des êtres si innocents, pas plus qu'à ceux qui les aiment. Elle serra sa fille contre elle et l'embrassa. Elle l'installa ensuite sur sa chaise, puis lui fit chauffer son lait et lui prépara une tartine de pain de mie garnie d'une généreuse couche de confiture. La jeune femme elle-même n'avait pas le temps de déjeuner, on verrait cela plus tard. Elle empaqueta ses affaires et celles de la petite.

Lea remarqua le sac de sa mère posé sur le buffet.

– Tu travailles, maman ?

– Oui, ma chérie, mais je te le promets : ce soir c'est bien ici que tu dors et je te raconterai une histoire.

– Hier, tu l'as pas fait.

Le problème avec Lea, c'est qu'elle n'oubliait rien, ne laissait rien passer, et que, depuis quelques mois, elle avait les mots pour le dire !

– Je sais, Lea. Ce soir je le ferai !

Rassurée, Lea plongea le nez dans sa tasse de lait.

Dans quelques minutes, il faudrait partir et déposer Lea chez sa nounou. Abandonner ainsi sa fille était une chose à laquelle Nicky avait du mal de s'habituer. C'était sans doute cela le mauvais côté de son boulot, plus encore que les vacheries de Tedesco et de ses autres copains machos.

II.

Tedesco n'était pas dans son bureau, Nicky Roeder le retrouva finalement en grande discussion avec le commissaire Araujo, Joé Thill, et plusieurs autres OPJ qu'elle ne connaissait pas.

Quand Tedesco l'aperçut, il s'écarta du groupe et prit la jeune femme à part.

– Vous tombez mal, ma petite Nicky.

« Petite Nicky ! ». Elle allait le corriger, mais il semblait à ce point contrarié qu'elle préféra se taire.

– On a un gros problème.

– Gros comment ?

– Gros comme onze millions d'euros !

La jeune femme écarquilla les yeux.

– Eh oui, la rançon nous est passée sous le nez ! Les comptes des associations ont été siphonnés !

– Vous voulez dire qu'on a piraté leurs comptes ?

– Exactement.

– Il faut être balaise pour faire un coup pareil !

– Le CERT a été alerté. Leur priorité c'est de verrouiller le système des banques concernées. Là-bas, c'est la panique totale. Le ministère de l'Économie lui-même est aux abois. Les banques, c'est plus de 40 pour cent de notre PIB. S'il s'ébruite que leur informatique n'est qu'une vulgaire passoire, ce qu'on risque, c'est ni plus ni moins qu'un crack bancaire !

Nicky pensa à ce que sa petite fille avait évoqué pour elle : dix-neuf innocents ! Trente-huit parents en détresse !... Et la moutarde lui monta au nez.

– Les banques... Les banques ? Mais et les gosses ? On s'en fiche des banques ! Celui qui a fait ça détient les enfants, c'est la seule chose qui m'intéresse. Personne ne peut donc nous aider à le coincer ?

Elle avait élevé la voix et plusieurs personnes s'étaient retournées.

Merde. Tu ne pouvais pas la boucler, Nicky ?

Curieusement, Sandro Tedesco ne répliqua pas. Il semblait simplement perplexe.

Et c'est Joé Thill qui sortit cette fois de son mutisme.

– Si vous voulez savoir d'où ça vient, il y a bien un type. RaidDX, de son vrai nom Edouard Durieux.

– Ah bon ? C'est qui ce gars ?

– Le roi du hacking. Arrivé second au « Capture the Flag » de la DEF CON à Las Vegas. Aucun système ne lui résiste. Profitez-en : il est au Luxembourg !

– On sait où le trouver ?

Thill prit alors ce petit air cynique que Nicky détestait.

– Plutôt, oui ! Et il ne risque pas de vous faire faux bond... il est au P2 à Schrassig ! Cela dit, traînez pas trop : il est sous le coup d'une demande d'extradition !

– Bon, pour ce que ça nous coûte, je vais passer le voir. Le temps de demander l'autorisation de visite au procureur.

Puis Tedesco se tourna vers sa collègue.

– Nicky, vous venez avec moi, je ne veux pas vous voir traîner ici !

Il était encore tôt et toute la campagne était recouverte d'un voile brumeux. Sur la route d'Oetrange, le site de la prison de Schrassig surgit du brouillard tel un fantôme.

Tedesco gara la voiture sur le parking réservé aux visiteurs. Il était presque vide... Personne à cette heure pour venir faire causette avec les pensionnaires. Les deux policiers marchèrent donc seuls en direction de l'entrée sous l'œil menaçant de la tour de garde.

Ils se présentèrent à la réception. Comme ils étaient attendus, les formalités se limitèrent à la plus simple expression. Tedesco déposa son arme au coffre et Nicky y rangea son sac. Ils passèrent ensuite sous le portique de détection et partirent dans les couloirs de la prison sous la conduite d'une gardienne.

L'atmosphère était étrange. Les cris dans la cour, ces portes qui s'ouvraient et se refermaient bruyamment les unes après les autres.

C'était la première fois que Nicky Roeder mettait les pieds dans une prison. Elle devrait sans doute s'habituer aux incursions dans cet univers hors norme.

Tedesco souffla à l'oreille de Nicky :

– C'est moi qui conduirai l'entretien. Vous, vous vous faites toute petite !

Ce n'était pas difficile... entre cette grande perche de Tedesco et une gardienne bâtie comme une armoire à glace.

On les fit pénétrer dans l'une des salles qui servaient aux visites privées ou aux avocats. Assis sur deux chaises inconfortables, ils patientèrent là en silence. Nicky sentait Tedesco préoccupé, sans doute parce que, dans cette enquête, il tournait en rond, et parce que s'ils étaient ici, c'était faute de mieux, car il n'y avait pour l'instant rien d'autre à se mettre sous la dent.

Ils attendaient depuis quelques minutes, quand la gardienne introduisit un jeune homme dans la pièce. Jeans, baskets, sweat-shirt, casquette de baseball. Il avait des cheveux mi-longs et affichait un sourire un peu désarmant.

Tedesco lui serra la main et se présenta.

– Je suis Sandro Tedesco, inspecteur de la Police judiciaire. Voici ma collègue Nicky Roeder.

– Edouard Durieux, enchanté.

– Ainsi c'est vous le fameux RaidDX.

– Pour vous servir.

Il était souriant, détendu.

– Vous êtes sur le point d'être extradé, mais ça ne semble pas particulièrement vous inquiéter.

– Pourquoi serais-je inquiet ? Je risque quoi ? Du sursis. Le juge me grondera et la presse me portera aux nues. Je suis un lanceur d'alerte, un héros de la blogosphère.

– Que vous reproche-t-on ?

– Vous n'êtes pas au courant ? J'ai hacké les serveurs de la Caf, et j'en ai sorti les noms d'une dizaine d'hommes politiques bien en vue qui bénéficient d'une aide au logement. Ça la fout mal, non ? Comme j'ai tout balancé sur le net, il y en a quelques-uns qui aimeraient me le faire payer ! ... Mais si vous ne venez pas pour ça, vous me voulez quoi exactement ?

– Nous sommes ici dans le cadre d'une affaire d'enlève-ments. Dix-neuf gosses d'une école voisine ont été kid-nappés...

Le policier de la PJ sortit de sa poche une feuille A4 qu'il déplia sur la table.

– ... Voici une liste de comptes sur lesquels la rançon avait été déposée. En quelques heures, ils ont tous été vidés au nez et à la barbe de leurs propriétaires. Avez-vous une idée de qui a pu faire un coup pareil ?

Durieux se pencha sur la feuille et sourcilla.

– Les comptes que vous me montrez sont tous hébergés auprès des trois mêmes banques.

– Effectivement. Et alors ?

– Ces trois banques ont fait l'objet d'une attaque le mois dernier. J'ai vu passer ça sur le Darknet juste avant mon arrestation.

– Je ne comprends pas.

– C'est le groupe russe Rodania qui avait concocté une opération de fishing. C'était assez bien foutu, je dois dire. Plusieurs cadres de ces banques sont tombés dans le panneau. Ça a permis à Rodania d'installer un backdoor.

– Un quoi ?

– Un backdoor, une sorte d'accès secret au système que peuvent utiliser ensuite des intrus. Ce backdoor a sans doute été mis en vente sur le Darknet.

– Vendu à qui ?

– On est sur le Darknet, par sur Amazon. Comment vou-lez-vous savoir ? D'autant que je ne fréquente pas ce genre d'individus. En tout cas, le détournement qui a sui-vi la vente de ces backdoors, ce n'est plus nécessairement le travail d'un génie du hacking. Il suffisait de payer, puis d'utiliser les accès.

– Que voulez-vous dire ? Que c'est à la portée de tout le monde ?

– Quand même pas. Il faut connaître le Darknet, être capable d'utiliser ces données, de circuler sur le système de la banque. Mais je dirais un bon informaticien, ou un jeune type hyper calé, si possible initié au monde bancaire.

– Mais s'ils disposaient de cette chose, ce « backdoor », comme vous dites, pourquoi n'ont-ils pas siphonné d'autres comptes, avec des soldes bien plus substantiels ?

– Parce qu'ils disposaient ainsi d'une liste bien documentée de comptes alimentés à vider en quelques clics et parce que des mouvements plus importants sur des comptes critiques auraient déclenché des mécanismes de blocage. (Puis, il sourit) Mais peut-être aussi, plus simplement, ont-ils voulu se payer votre tête ?

Tedesco ne sembla pas apprécier cette petite pique. Il avait maintenant une explication... Il ne tirerait rien de plus de cet individu à la nonchalance un peu désarmante.

– Bien, merci pour votre aide, monsieur Durieux. Et bonne chance pour votre procès.

– Cool ! Du sursis, je vous dis !

Et tandis qu'Edouard Durieux regagnait sa cellule, les deux policiers se firent raccompagner jusqu'à la sortie,

Ils marchaient vers la voiture, pensifs.

– Ça pourrait être n'importe qui, commenta Tedesco. Des gens qui s'y connaissent en informatique, de nos jours ça court les rues.

– Il faut aussi s'y connaître en informatique bancaire.

– Ça court les rues également. On est au Luxembourg !

Ils quittèrent Schrassig en direction de Sandweiler. Était-ce le soulagement d'avoir quitté ces lieux de détention ? L'estomac de Nicky se mit à gargouiller !

– On passerait pas manger quelque chose ?

– Pas le temps. On rentre au bureau. D'ailleurs il est à peine onze heures.

L'estomac de Nicky protesta de plus belle.

– Désolée, mais j'ai dû sauter mon petit-déjeuner. Là, il y a une station-service. On s'arrête, le temps que je prenne un sandwich.

– Vous me donnez des ordres maintenant ?

Apparemment Tedesco trouva cela plutôt drôle, car il rit et se rangea docilement devant le shop de la station. Il interpela cependant Nicky alors qu'elle quittait la voiture.

– Au passage, prenez-moi un coca et un Raider.

– Un quoi ?

– Un truc avec du chocolat, n'importe quoi.

Du chocolat ? Comment fait ce mec pour rester mince ? Même réduite au Coca light et à la salade de carottes râpées, je prends des kilos !

Deux minutes plus tard, elle se réinstalla dans la voiture et lui refila sa commande.

– Pour info on dit plus un Raider, on dit un Twix. Vous avez de la chance que je sois tombée à la caisse sur un ancêtre. Vous me devez 2 euros 15.

– Je n'ai pas de monnaie. Une autre fois.

Ben voyons. Et radin avec ça !

Tandis que Tedesco conduisait d'une main en grignotant son Twix, Nicky mangeait à belles dents son sandwich tomates-mozza. Entre deux bouchées elle lâcha.

– Je me disais, au sujet du kidnappeur...

– Quoi donc ?

– L'informatique, d'accord, mais il fallait aussi quelqu'un qui connaisse la classe, les adresses personnelles des élèves.

– Sans doute.

– Le père de Noémie, ce Français qui râle tout le temps... Mon amie Sandra m'a dit qu'il était dans la commission scolaire. Il est forcément au courant de tout ce qui concerne l'école.

– Mais il est resté avec nous ou avec des collègues depuis le début.

– Il pourrait avoir des complices !

– J'y crois pas. Je ne peux pas imaginer un père faire cela à son propre gosse.

– On voit parfois des drôles de choses. Vous avez dit vous-même qu'après quelques années d'expérience dans la police, je verrais les choses plus crûment. Donc, je ne vois pas pourquoi les parents...

Il tourna la tête vers elle, un demi-sourire sur les lèvres.

– Vous y allez bien vite, ma petite Nicky. Avec vous, nos enquêtes seraient bouclées en moins de deux. Il était inutile de faire venir de Belgique une profileuse, vous faites très bien l'affaire !

Elle ignora ses sarcasmes et insista.

– Oui, mais si par exemple c'était quelqu'un de l'école.

Il rit.

– Ma femme est directrice d'une école en ville. Ses collègues et elle aiment bien trop les gosses pour se lancer dans une telle histoire ! Elle m'en parle assez de ses gamins. Vous n'imaginez pas. J'ai l'impression certains soirs d'en avoir une centaine à la maison !

C'était la première fois que Tedesco parlait de sa vie privée. Mais déjà la voiture pénétrait sur le site de Hamm et le policier referma cette porte qu'il avait entrouverte.

Drôle de lascar que ce Tedesco.

Une fois entré dans le bâtiment, le policier délaissa l'ascenseur pour gravir d'un pas alerte les escaliers. S'il espérait y semer sa jeune collègue, il en fut pour ses frais. Nicky Roeder faisait son footing deux fois par semaine. Quinze kilomètres. Puis son krav-maga, les samedis à Arlon. Quand on était une fille, il fallait toujours en faire plus pour être à la hauteur.

Mais voilà que soudain Tedesco s'arrêta sur le palier du deuxième. Il sortit de sa veste son téléphone, le porta à son oreille. Il écouta, ne dit rien, puis raccrocha simplement sur un « merci ».

Il se tourna vers Nicky.

– C'était Araujo. Vous ne devinerez jamais !...

– Quoi donc ?

– Jean-Marc Bertemes, le maire, il vient de recevoir une de ces fameuses enveloppes bleues.

– On veut le faire payer, lui aussi ?

Le visage de Tedesco afficha une curieuse expression, mélange de soulagement et de surprise.

– Pas du tout ! Les ravisseurs lui annoncent que les enfants seront de retour dans la commune ce mercredi à 10 heures !

IV.

Quand la dernière communication des ravisseurs parvint aux parents, ils furent tous partagés entre le soulagement et l'incrédulité. C'était trop beau pour être vrai. Plusieurs s'étaient préparés à des jours d'attente, à l'incertitude, voire, pour les plus pessimistes, au dénouement tragique. Mais demain, ce serait fini. Leur petit chéri, leur petite chérie, serait de retour à la maison.

Il leur faudrait pourtant encore patienter, si peu, une poignée d'heures, mais ces heures seraient sans doute bien longues.

Les époux Blanchard passèrent une partie de la soirée sur Skype à discuter avec leur famille parisienne, puis ils surfèrent chacun de leur côté sur le Net, guettant le moindre indice qui viendrait confirmer ou doucher leurs espoirs. Enfin, épuisés, ils s'endormirent dans l'attente de ce jour nouveau qui verrait la délivrance de leur fille... et la leur.

Chez Sandra et Marco Caprini, on avait fini par débrancher ce téléphone qui n'arrêtait pas de sonner et mis les portables en mode silencieux. Eux aussi étaient trop nerveux pour dormir. Les époux Caprini débouchèrent une bouteille de Montepulciano et se mirent à imaginer tout ce qu'ils feraient lorsque Gabriela serait de retour. Leurs discussions se terminèrent tard dans la nuit.

Quant à Nicky Roeder, après avoir récupéré sa fille, elle était rentrée chez elle. Rapidement, elle se mit au lit. Il lui fallait se reposer ne serait-ce que quelques heures, car elle voulait être en pleine forme pour assister en direct au dénouement de cette affaire rocambolesque.

MERCREDI

I.

La récupération des dix-neuf enfants était une opération critique, incertaine, et les autorités ne voulaient rien laisser au hasard.

Dès l'aube, la commune avait été bouclée et les habitants qui se rendaient à leur travail eurent la surprise de trouver les rues encombrées de véhicules de police. La surprise également, à l'entrée nord du village, de devoir se glisser entre des journalistes massés derrière des barrières de sécurité.

Le procureur Wagner avait les traits tendus. La libération annoncée des gosses, c'était déroutant, inespéré... trop simple. Le proc en était persuadé : il devait y avoir derrière ça quelque manœuvre tordue. Sa nervosité et tout ce déploiement de forces le rendaient irascible, d'autant qu'à présent ce n'était plus lui qui avait la haute main sur les opérations, mais le ministère de l'Intérieur. Le magistrat passa ses nerfs sur le commandant des Unités spéciales de la Police qui était occupé à installer son dispositif.

— On a réussi à tenir la presse à l'écart, ce n'était pas pour la remplacer par une armée de policiers en armes. Je ne veux pas effrayer les enfants. J'exige que vos robotscops dégagent le terrain et je ne veux dans la rue que du personnel en civil.

SIG Sauer à la ceinture, le commandant des USP en avait vu d'autres et même avec sa grosse voix, le procureur d'État était loin de l'impressionner.

– Je positionnerai mes hommes où ils doivent se trouver pour être en mesure d'intervenir rapidement. En l'occurrence, je les tiendrai en réserve dans la Mairie et la cour de la Spielschoul[1], mais que cela vous plaise ou non, je conserve mes deux tireurs d'élite sur les toits et le blindé d'intervention dans la rue adjacente.

Wagner grogna.

– Mettons... Mais pour ce qui est des parents, je m'en charge. Ils resteront dans l'école. Je ne les veux pas dans les pattes et, surtout, je veux à tout prix éviter les épanchements et les crises de nerfs ! D'autant qu'on ne sait pas ce qu'il peut se produire.

Il était neuf heures cinquante. De minute en minute, la tension montait.

Sur la place se tenait une sorte de comité d'accueil. Afin de ne pas effrayer les enfants, on avait tenté de le rendre aussi rassurant que possible. Le procureur, deux institutrices de l'école, le commissaire Araujo et le docteur Feith, un pédopsychiatre. Tous les cinq battaient la semelle en consultant sans cesse leur montre, tendant l'oreille au moindre bruit de moteur.

La profileuse de la police belge et le négociateur du GIGN patientaient quant à eux dans la mairie avec les USP, tandis que Nicky Roeder et Sandro Tedesco étaient installés dans une Audi banalisée, stationnée discrète-

---

[1] L'école maternelle.

ment sur le côté droit de la route principale. Les enfants, s'ils revenaient, arriveraient probablement par cette voie, celle qui permettait d'accéder à la commune depuis le contournement.

10 heures sonnèrent au carillon de la mairie, mais on restait toujours sans nouvelles des petits otages.

De temps à autre la radio grésillait, puis se taisait. Toujours rien.

Il était 10 heures 5 quand subitement un signal d'alerte retentit sur le réseau Restena de la police : un car immatriculé en Allemagne remontait la route de Luxembourg en direction de la commune.

Nicky se redressa sur son siège et plissa les yeux pour tenter d'apercevoir quelque chose. Mais la route restait désespérément vide. Quelques secondes s'écoulèrent et soudain, là-bas au loin, le véhicule tant attendu fut en vue. C'était un autocar Mercedes de la société Lacher-tours dont le large pare-brise étincelait sous le soleil printanier.

Le car avait à peine dépassé la station-service à l'entrée du village que deux voitures de police surgirent derrière lui pour bloquer la chaussée, rendant toute manoeuvre de recul impossible. Précaution inutile : l'autocar réduisit sa vitesse et pénétra lentement dans le centre, comme s'il cherchait la place idéale pour se garer.

La première chose que Nicky distingua au travers du pare-brise, ce fut le crâne brillant du chauffeur, un homme déjà âgé dont d'épaisses moustaches et des lunettes aux reflets métalliques dissimulaient une partie du visage. Derrière lui se tenait une jeune fille blonde, agrippée à une barre de maintien.

Le car s'arrêta au pied de la mairie et coupa son moteur, puis, dans un chuintement, les portes s'ouvrirent. Un silence impressionnant tomba sur la place... jusqu'à ce qu'éclatent les cris des enfants... des cris de joie, des rires !

La jeune fille blonde descendit du véhicule, puis ce fut un flot de gamins hurlant de plaisir, brandissant des peluches, des ballons, des masques de couleur. Les minutes qui suivirent se déroulèrent alors dans la plus grande confusion.

Plusieurs enfants embrassèrent la jeune fille avant de s'éloigner vers le comité d'accueil.

Quand la jeune fille aperçut le personnage à l'air sévère qui se dirigeait vers elle, elle marqua un instant de surprise, puis sourit.

– *Wessen Vater sind Sie* ? Vous êtes le père de qui ?

Dans la bouche d'une ravisseuse, cette question était plutôt surprenante. Déstabilisé, le procureur mit une seconde avant de répliquer.

– Et vous, vous êtes qui ?

– *Aber ich bin Julia, die Animateurin. Und das ist Nancy, meine Kollegin.*[1]

Une seconde demoiselle arriva, entourée d'une nuée d'enfants.

– *Was passiert hier ? Wo sind die Eltern ?*[2]

Ces interrogations étaient d'une telle candeur. C'était à n'y rien comprendre ! Qui étaient donc les preneurs d'otages ?

---

[1] Mais je suis Julia, l'animatrice. Et voici Nancy, ma collègue.

[2] Mais que se passe-t-il ici ? Où sont les parents ?

Sur les toits, les tireurs d'élite s'étaient redressés, le commandant des USP et les consultants étrangers avaient quitté la mairie pour venir aux nouvelles. Quant à Nicky et Tedesco, ils sortirent leur véhicule et allèrent trouver le commissaire Araujo.

– Mais que se passe-t-il, Manuel ? interrogea Tedesco éberlué par ce spectacle improbable.

– Je n'en sais rien. Je n'y comprends que dalle. Euh... Je... Allez vous occuper des gosses pendant que je parle avec le proc.

Les enfants descendus du bus s'étaient regroupés dans un joyeux brouhaha. Avec l'aide des institutrices, les deux policiers tentèrent en vain de calmer tout ce beau monde. Ce n'était que cris et éclats de rire. En un geste d'impuissance, le pédopsychiatre désemparé laissa tomber les bras :

– Qu'attendez-vous donc de moi ? Ces enfants sont en pleine forme !

Et alors qu'il passait devant le docteur Feith, le petit Sam renversa sur sa jambe de pantalon le fond de son milk-shake à la fraise.

Ayant échappé à la surveillance des animatrices, les enfants s'étaient mis à courir dans tous les sens. Impossible de faire régner l'ordre avec une telle pagaille. Nicky prit en charge un premier groupe de cinq ou six fillettes et, au milieu des cris aigus, les entraîna vers l'école où les attendaient les parents.

Là, il y eut des hourras, des pleurs, de surprenantes retrouvailles faites de joie, de soulagement et d'incompréhension.

II.

Cela faisait des heures qu'Arnauld et Aline Blanchard ne tenaient plus en place.

Tout à coup, un groupe de cinq enfants fit irruption dans la salle, ils se précipitèrent en criant vers leurs parents. Il y avait le petit Sam, Elena, les jumelles de Niels et une autre fillette que Blanchard ne connaissait pas.

Où était Noémie ?

Des scénarios épouvantables défilèrent dans leur tête. Leur fille, seule victime du rapt, ou alors revendue à un réseau de trafiquants d'organe. Aline imaginait pire encore, quand subitement Noémie leur apparut à son tour.

La petite fille les chercha du regard, puis elle sourit et courut vers eux.

– Regardez ce que j'ai gagné !

Elle brandit fièrement une girafe en peluche dont la tête dodelinait au sommet d'un long cou...

– Noémie, ma chérie !

– ... et en plus elle parle ! continua la fillette.

– ... On a eu si peur !

– *Willkommen im Europa-Land* ! intervint la girafe.

Couverte de baisers, presque étouffée par ses deux parents, la petite Noémie se raccrochait à sa girafe comme à une bouée. Quand elle parvint enfin à se dégager, ce fut pour se jeter sur les boissons et les gâteaux qui avaient été préparés dans le fond de la salle. Puis, elle informa ses parents qu'elle devait faire pipi.

Si pour Arnauld et Aline Blanchard, ces retrouvailles étaient déconcertantes, il en était de même pour tous les autres parents. Ils avaient vécu trois jours d'angoisse et se retrouvaient devant des enfants aussi détendus et enthousiastes qu'on peut l'être au retour d'un voyage scolaire réussi. Psychologiquement, la chose était difficile à gérer.

Sandra et Marco, les parents de Gabriela, vécurent le même choc émotionnel. Il leur fallut patienter quelques poignées d'interminables secondes pour voir enfin arriver leur fille. C'est Nicky qui la tenait par la main. La gamine était rayonnante. Elle les embrassa, rapidement, puis leur demanda si elle pouvait pour l'après-midi inviter Elena, l'amie avec laquelle elle s'était amusée comme une folle pendant trois jours.

Tout cela était totalement déroutant.

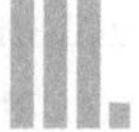

La police avait relâché son dispositif. Les USP s'étaient repliées vers leurs quartiers en ville et la PJ s'était retranchée dans la salle des mariages pour interroger les deux accompagnatrices. Ces jeunes filles tombèrent des nues quand elles réalisèrent à quelles manigances elles avaient été mêlées.

Elles étaient toutes les deux les uniques actionnaires d'une petite société d'événementiel. Une semaine plus tôt, la prénommée Julia avait été contactée par un charmant monsieur qui lui expliqua que l'association « Bienvenue chez nous » souhaitait fêter l'anniversaire d'un enfant de réfugiés. À seize heures précises, dans un bus spécialement affrété, sa collègue et elle viendraient chercher les enfants pour les emmener passer deux journées à Europa-Land. Un hôtel était réservé et un budget prévu pour couvrir tous les frais liés aux animations et à la restauration. Ça devait rester une surprise et la destination finale ne serait révélée à tous qu'à l'arrivée au parc. Seuls les parents étaient dans le secret. Les jeunes filles donnèrent leur accord et le lendemain, un généreux versement de 3 000 € était parvenu sur le compte de la société. Le jour dit, le voyage se déroula pour le mieux, de même que le séjour au parc de loisirs qui fut un succès. Quelques enfants s'étaient bien inquiétés de l'absence de leurs parents, mais la promesse de les revoir dès le surlendemain et la perspective de deux jours de fête folle les avaient rassurés.

Le chauffeur allemand de l'autocar n'en savait pas plus. Comme les deux filles, il ne comprenait rien à toute cette agitation. Il avait été mandaté par l'association pour effectuer un trajet, les enfants étaient arrivés à bon port dans le strict respect des horaires, et toute cette histoire commençait à bien faire. La police eut toutes les peines du monde à le retenir pour enregistrer sa déposition et prendre le temps de contrôler ses dires, car une autre course l'attendait ! Des retraités de la poste allemande qui partait visiter les usines d'électroménager à Hilversum...

Araujo s'épancha auprès de Tedesco.

– On va garder ces braves gens sous la main, mais je sais déjà que nous n'en tirerons rien.

– Alors ?

– Alors, on retourne à la PJ pour y faire le point.

IV.

Une heure plus tard, on retrouvait au siège de la PJ les principaux acteurs de cette étrange opération. Une quinzaine de personnes en tout, entassées dans une salle de réunion surchauffée. Nicky Roeder s'était trouvé une place en retrait derrière Sandro Tedesco. Autant elle commençait à s'habituer à lui, autant elle se sentait toujours un peu mal à l'aise dans une telle assemblée. Les policiers qui se tenaient autour de la table étaient presque uniquement des hommes, sévères, bien plus expérimentés qu'elle. Ce léger sentiment de gêne s'effaça alors que le procureur Wagner faisait son entrée. Une fois de plus, il semblait être d'une humeur exécrable.

– Nous nous sommes fait rouler dans la farine ! Comme des bleus ! lança-t-il d'emblée.

Araujo qui était sur le pont depuis trois jours se vexa et sortit de sa réserve.

– Les gosses sont sains et saufs. Et vous n'êtes pas content ?

– Non, je ne suis pas content ! On a maintenant de géniaux escrocs et onze millions d'euros qui se baladent dans la nature. Comme vais-je expliquer un tel fiasco ? La presse ne va pas manquer d'être au courant et je ne vous dis pas le scandale !

La profileuse de la police belge et le négociateur du GIGN n'étaient pas plus heureux. Les enfants étant de retour, on allait pouvoir se passer de leurs services. De cette mission, ils ne retiendraient que leur impuissance à se rendre utile, ce qui leur laissait également un goût amer.

C'est pourtant vers eux que se tourna le procureur, soudain mielleux.

– Merci pour votre aide, commandant Alonzo. Je peux vous assurer que nous sommes reconnaissants de votre appui dans cette affaire délicate. Nous serons heureux de vous rendre la pareille si nos maigres moyens vous semblent un jour utiles. Quant à vous, madame Vandekerckhove, je ne doute pas que nous verrons bientôt se confirmer le profil des ravisseurs que vous avez esquissé.

L'intéressée ne put s'empêcher de répliquer à ces paroles de circonstance.

– Il se confirmera, j'en suis certaine : un groupe d'individus, groupe mené par un homme, un homme particulièrement intelligent, méthodique... et qui sera probablement insaisissable !

« Insaisissable », avait dit Vandekerckhove. C'était un coup bas pour Wagner qui se rabattit, amer, sur ses subordonnés de la police locale.

– Vous allez vous mettre au boulot. Retournez-moi le pays s'il le faut, mais je veux retrouver ces types.

Araujo et son équipe baissèrent la tête. Thill disparut derrière l'écran de son portable et Tedesco eut un petit bruit de gorge à peine audible. Style « Cause toujours ».

Et le proc de conclure :

– Je vous laisse, j'ai une conférence de presse à préparer. Araujo, vous m'accompagnerez. Et la seule chose que je veux entendre si vous ouvrez la bouche c'est « Nous sommes sur une piste, mais je ne peux vous en dire plus pour le moment ».

Après avoir ainsi cassé l'ambiance, Wagner quitta la salle, suivi de près par les deux collègues étrangers. Alonzo prit un taxi pour le Findel, et Vandekerckhove, le bus 411 pour la Gare Centrale de Luxembourg.

L'écrasant procureur parti, Manuel Araujo retrouva un peu de contenance.

– Écoutez, commença-t-il, nous avons évité le pire, malheureusement le proc n'a pas tort : rien n'est vraiment résolu ! Les responsables courent toujours.

– Alors on fait quoi ? interrogea Tedesco.

– On va commencer par interroger les gosses, ainsi que les accompagnatrices. Les analyses du LNS sur ces fameuses enveloppes bleues devraient nous parvenir dans les prochaines heures. J'espère qu'elles permettront de dégager un profil ADN exploitable. Enfin, les rançons, ainsi que le paiement des prestations liées à cette folle équipée, ont entraîné pas mal de mouvements bancaires. Il faut les analyser. C'est sans doute un vrai jeu de piste, mais il pourrait nous conduire aux coupables.

– Nous n'avons pas les compétences pour cela ! releva Cristina Sousa, la Noire aux boucles brunes.

– La Cellule de renseignement financier du ministère de la Justice nous a offert son aide. Elle va tenter de comprendre ce qui a pu se passer au niveau bancaire et traquer d'éventuels mouvements suspects.

Le commissaire avait dit cela sans conviction. Que pouvait faire la CRF si tout se jouait maintenant sur les comptes de banques étrangères ? Il poursuivit, amer.

– Le CERT n'a rien trouvé pour l'instant, mais il rappelle qu'il est à notre disposition si d'autres investigations dans le domaine informatique étaient nécessaires.

La CRF, le CERT, le LNS... Nicky avait le sentiment que tous ces organismes voulaient être en mesure de s'attribuer un rôle dans la découverte des kidnappeurs. Néanmoins une chose était sûre : en cas d'échec, c'est bien la PJ qui serait accusée d'incompétence.

Araujo poursuivit.

– Il faudrait peut-être aussi scruter les réseaux sociaux. Parfois un complice y lâche une connerie. Style achat soudain d'une bagnole de luxe, ou que sais-je encore. Tu t'en occuperas, Cristina ?

– Ça va nous prendre un temps fou ! répondit l'intéressée.

– Eh bien, fais-le quand même ! On n'a pas grand-chose à se mettre sous la dent, alors il nous faut chercher tous azimuts !

Puis, il se tourna vers Tedesco.

– Nous avons également une liste de personnes qui gravitent autour de l'école et des parents. J'aimerais qu'on vérifie s'il n'y a pas quelqu'un de louche dans tout ce beau monde, sait-on jamais.

Araujo tendit au policier une feuille de papier.

– Tu me checkeras ça, Sandro ?

Tedesco examina, incrédule, cette liste d'une vingtaine de noms.

– Je connais plusieurs de ces personnes. C'est du grand n'importe quoi ! Il y a même certains parents sur cette liste !

– Oui, sans doute, mais il faut tout vérifier. Si nous ne le faisons pas on nous en tiendra rigueur.

Il se leva.

– Allez. Vous avez entendu le procureur... Tous au boulot !

Tedesco repartit vers son bureau en grommelant, Nicky à sa suite.

– Pour la liste, si vous voulez, je peux pour vous aider.

– Alors, nous sommes sauvés ! répondit-il d'un ton mi-figue mi-raisin.

Nicky ne sut pas si elle devait rire ou s'en offusquer.

V.

Comme convenu, une conférence de presse se tint à 15 heures à la Cité judiciaire. Loin d'être un scoop comme l'espéraient les médias, ce fut plutôt une sorte de débriefing et, ainsi que l'écrivit un journaliste du Wort, « moutarde après dîner ».

On évoqua sans livrer trop de détails les circonstances de la libération des enfants, les étranges complices, et le plus étrange encore séjour à Europa-Land.

La question de la rançon fut évidemment posée : avait-on payé, si oui, combien ? Le procureur botta en touche :

— L'État luxembourgeois refuse catégoriquement d'aborder la question d'une quelconque rançon.

En effet, il n'en dit rien et le journaliste qui avait posé la question en fut pour ses frais.

Mais combien de temps tiendrait encore ce secret de polichinelle ? On était au Luxembourg. Là où, si rien ne se dit tout haut, tout se sait. Et dans le cas présent, il y avait tant de personnes impliquées, fonctionnaires des ministères des Finances et de la Justice, responsables d'associations, policiers, que c'était une question d'heures avant que tout ne s'ébruite.

Et pendant que Jean-Claude Wagner maniait laborieusement la langue de bois, la PJ continuait ses investigations.

Sandro Tedesco s'était retiré dans son bureau pour examiner avec Nicky la liste remise par le commissaire Araujo. Tous deux restaient perturbés par le cours étrange qu'avaient pris les événements : un enlèvement qui s'était résolu sans heurts ni malheurs, avec le surprenant retour des enfants et l'envolée tout aussi surprenante de la rançon. Quant au contenu de cette liste, l'officier de police judiciaire était toujours aussi dubitatif.

— Le Français, le père de Noémie, il est cité lui aussi.

— Je vous l'avais dit. Il est dans la commission scolaire.

— Ça ne tient pas la route. Ce type est partner dans un cabinet d'audit. Il doit se faire des couilles en or. Pourquoi prendrait-il un risque aussi stupide ?

— Il y a aussi l'une des institutrices. C'est celle de Gabriela, la fille de mon amie. Qu'est-ce qu'elle fait là ?

— Probablement a-t-elle des dettes, brûlé un feu rouge ou fumé du shit quand elle était jeune ? Je ne l'imagine pas en reine du hacking ! C'est ridicule. Nous perdons notre temps.

— On mentionne ensuite un certain Axel Schreiber. Qui est-ce ?

— Je le connais. Un gars de Mersch. C'est un candidat un peu plus crédible. Il a été suspecté dans le cadre d'une enquête sur un réseau pédophile.

Nicky avala sa salive.

— C'est sérieux ? Ici ? Au Luxembourg ?

— Il y a des malades partout.

Puis sans transition, il poursuivit.

— Venez, nous allons faire un tour chez les collègues qui se sont occupés de ce dossier.

Ils y passèrent deux heures au terme desquelles ils finirent par localiser le fameux Axel Schreiber. Il était logé aux frais de l'État français dans une geôle de la maison d'arrêt de Nice. Il y attendait depuis trois mois son procès pour recel de voitures volées... Aucun rapport avec l'enlèvement des enfants !

C'était une fausse piste.

Il était dix-huit heures. Tedesco libéra Nicky en soupirant.

– Rentrez chez vous, ma petite Nicky. De toute façon, cette liste ne nous mène nulle part. Je compte sur vous demain. D'ici là, les autres auront peut-être trouvé quelque chose.

Nicky Roeder découvrait avec cette enquête ce qu'était le vrai boulot de la PJ : un travail de fourmi, des recherches souvent longues, stériles, frustrantes. Mais cette quête laborieuse avait un but bien plus critique que celui de l'activité coutumière de Nicky. Il n'était plus question ici de réprimander un automobiliste imprudent ou de retrouver un voleur de vélo électrique, mais de découvrir l'identité d'un criminel, d'un assassin... ou, dans le cas présent, les ravisseurs d'une vingtaine d'enfants innocents.

Elle n'aurait donc lâché cette enquête pour rien au monde.

VI.

Nicky avait quitté bien tard les bureaux de Hamm, et quand elle sonna chez sa nounou, il était déjà près de dix-neuf heures.

Pour une fois, madame Da Silva s'était abstenue de la réprimander pour son retard. La mère de Nicky et elle étaient de vieilles amies, et elle était certainement au courant de l'implication de la jeune policière dans l'enquête sur l'enlèvement des enfants. Les questions d'ailleurs ne tardèrent pas.

– Alors ? On les a retrouvés les ravisseurs ?

– On y travaille, madame Da Silva, on y travaille.

Elle fila avec la petite.

Dans la voiture, gros câlins.

– Je t'attendais, maman.

– Je sais, ma chérie, mais maintenant, je suis là ! Et dans deux jours, c'est le week-end et je serai en congé !

– C'est longtemps deux jours ?

– Euh. Deux fois dormir !

– Alors, ça va !

Arrivée à l'appartement, ce fut dîner, bain, lessive. La routine.

Nicky avait laissé Lea devant la télé. C'était un peu parent-irresponsable, mais une demi-heure d'écran, cela ne la tuerait pas et Nicky avait besoin d'un peu de tranquillité pour préparer à la petite son repas du lendemain. La jeune maman refusait obstinément de refiler à sa fille des préparations industrielles, à son avis résolument plus mauvaises que les programmes de la chaîne Kika.

Nicky tournait distraitement dans sa sauce bolo. Cuisiner la calmait, l'aidait à réfléchir. Et c'est bien entendu toujours l'identité des mystérieux ravisseurs qui préoccupait la jeune policière.

Dans l'agitation des derniers jours, une avalanche d'informations, de supputations, de présomptions avait guidé, ou plutôt égaré, les enquêteurs.

Mais tout bien considéré, dans ce flot de données, quelques éléments pertinents émergeaient. On avait un individu connaissant de près ou de loin les enfants, maîtrisant l'informatique, organisé, méthodique, probablement résident luxembourgeois, et, pour avoir réussi à les balader ainsi, connaissant les codes, les forces et faiblesses des autorités locales.

Tout doucement le portrait d'un homme se dessinait dans l'esprit de Nicky Roeder.

Et oui, un homme. Pourquoi un homme ? Elle avait sans doute des préjugés, ce n'était pas très professionnel, mais tant pis. Donc, un Luxembourgeois, informaticien, connaissant parfaitement les enfants, tous les enfants ; leurs adresses ; connaissant la situation de Dimitri ; la situation de ses parents réfugiés.

Cela commence à faire beaucoup pour un simple familier de l'école, ainsi qu'elle l'avait pensé un moment.

Et si ce n'est pas quelqu'un de l'école, qui était-ce ?

Puis Nicky pensa à un élément qui la ramena à ses propres problèmes. Avec qui était-elle en contact pour toutes ses démarches pour la garde de Lea ? Avec la commune.

Jo... D'Gemeng ![1]

---

[1] Oui... La commune !

VII.

Ce soir-là, c'était la fête chez les Blanchard.

Noémie s'était régalée de son dessert préféré, un gâteau au fromage blanc préparé par sa mère. Puis, sous les yeux émerveillés de ses parents, elle avait pu jouer sur la tablette deux heures de suite. Du jamais vu. Son père lui-même était d'une gaieté inhabituelle. Il avait inauguré et bien entamé la meilleure bouteille de sa réserve de Château Margaux. Comme Noémie qui avait dormi dans le car refusait d'aller au lit, ses parents l'autorisèrent à passer la soirée devant l'un des films d'animation dont elle raffolait. La petite fille comprenait mal cette surprenante tolérance de même que le regard ému dont la couvraient ses parents, mais qu'importe, cette fête improbable entamée à Europa-Land se prolongeait pour elle de manière inespérée.

Les cris et les voix aiguës des personnages du dessin animé emplissaient la pièce, mais pour une fois, Arnauld Blanchard n'en avait cure. Toute cette histoire était derrière eux.

Il partit vers la cuisine se servir un autre verre de bordeaux.

Puis, il devint sombre.

Non, jamais il ne pourrait oublier.

Sur le tableau qui servait à gérer le planning de la semaine s'affichait encore en lettre rouges :

« Dimanche 14 h. Anniversaire Dimitri ».

LE JEUDI.

I.

Au siège de la PJ, les investigations se poursuivaient, mais ne donnaient rien.

Les virements bancaires qui avaient servi à rémunérer la prestation des animatrices, d'Europa-Land et de la société de transport provenaient tous d'un compte créé un mois plus tôt auprès de la banque en ligne N26. La copie de la carte d'identité qui avait été fournie à cet effet avait été trafiquée. Et apparemment le caractère fantaisiste du nom du détenteur, Jang de Blannen[1], avait échappé aux gestionnaires de la banque en question, de même que la photo d'identité qui était celle du prince héritier de Luxembourg. Quant au coup de fil reçu par l'agence événementielle, il provenait de l'un des derniers téléphones publics en service au Luxembourg, celui du Centre hospitalier. Il y transitait un tel monde qu'il était illusoire d'espérer identifier l'auteur de cet appel.

Avec prudence et délicatesse, on avait entrepris d'auditionner les enfants. Les entretiens s'étaient déroulés en présence des parents, d'une psychologue et sous la conduite de deux policiers spécialisés dans les

---

[1] Jean de Luxembourg, dit « l'Aveugle » (1296-1346), roi de Bohème, est un personnage marquant de l'histoire du Grand-Duché.

affaires relevant de la protection de la jeunesse. Au terme des premières auditions, deux choses étaient certaines. Tout d'abord, les enfants n'avaient subi ni pressions ni violences. Ils gardaient au contraire un souvenir enthousiaste de leur équipée. Ensuite, à aucun moment les enfants n'eurent le moindre contact avec leurs « ravisseurs ». Tous les adultes qu'ils côtoyèrent n'étaient que des intermédiaires involontaires de l'opération.

Comme seuls ces entretiens semblaient susceptibles de perturber les enfants, on décida d'y mettre un terme. Afin de s'assurer qu'il n'y aurait pas de suites malheureuses à cette aventure, on mit en place une cellule de suivi psychologique vers laquelle on orienta les parents et leurs rejetons.

L'après-midi était déjà entamée quand le commissaire Araujo se décida à autoriser une partie de l'équipe à aller prendre du repos. Quatre jours de stress intense, c'était beaucoup pour des agents avançant habituellement à pas feutrés dans leurs enquêtes. Et puis, il fallait le reconnaître, ils pataugeaient. Sans éléments nouveaux, il leur était impossible de progresser.

Vers seize heures, le « QG enlèvement », comme on l'avait surnommé, était presque vide.

C'étaient Sandro Tedesco, Nicky Roeder et deux autres OPJ qui y assuraient la permanence. Un silence pesant régnait dans la salle. On avait baissé les stores et la lumière du patio central ne leur parvenait plus que tamisée.

Tedesco s'était étendu, les mains croisées derrière la tête. Il avait fermé les yeux. Il était pâle, les traits tirés, et ses cheveux striés de blanc étaient en bataille. Depuis quelques heures, l'homme avait perdu cet aspect hautain et sévère que Nicky lui connaissait. Quel âge avait-il vraiment ? Quarante ans ? Plus ?

Se sentant observé, le policier tourna la tête vers Nicky et elle baissa les yeux, un peu gênée.

– Je suis fatigué, sembla-t-il se justifier. Deux mauvaises nuits, et quelque chose me dit que ce n'est pas fini.

– Moi non plus, je ne dors pas très bien.

– Tu veux un café ?

Nicky fit de son mieux pour cacher sa surprise devant cette marque de familiarité. Tedesco deviendrait-il un peu plus sociable ?

Ils quittèrent la salle.

La kitchenette de l'étage était vide. Ils passèrent à tour de rôle leur tasse sous le bec verseur du percolateur. Nicky le prit noir, Tedesco fit couler dans le sien le contenu de deux sachets de sucre fin.

Nicky qui se mordait la lèvre depuis un moment finit par lâcher cette question qui la tourmentait depuis ses réflexions de la veille.

– Je reviens avec l'idée que je vous disais.

– Quelle idée ?

– Vous savez ? Sur quelqu'un qui connaissait les enfants.

– Oui, on a vu ça, mais tu sais comme moi que ça ne mène à rien.

– Oui, les parents, les instits, mais pas la commune.

– La commune ?

– Il y a bien quelqu'un là-bas qui s'occupe de l'école, de la maison relais, quelqu'un qui a accès au registre d'état civil, avec les adresses des parents.

Tedesco réfléchit, contemplant distraitement le petit nuage de mousse qui s'était formé à la surface de son café.

– C'est ma foi vrai. Le bourgmestre doit pouvoir nous renseigner, mais il est trop tard pour le convoquer aujourd'hui.

– Alors pourquoi n'y va-t-on pas ?

Le policier but quelques gorgées, puis il regarda sa montre et poussa un soupir

– Oui... Pourquoi pas ?

Il vida le fond de sa tasse dans l'évier.

– Allons-y !

En passant, Tedesco marqua un temps d'arrêt devant le bureau d'Araujo.

– Sandro ? Du nouveau ?

– Non, pas vraiment. Je pars vérifier un truc avec Nicky. Une intuition. Sait-on jamais.

– Bon... Préviens-moi si vous trouvez quelque chose. Ça m'arrangerait. J'ai une réunion avec Wagner dans une heure et il est dans tous ses états !

II.

La réceptionniste qui occupait l'accueil de la mairie était une dame à la chevelure argentée et aux traits un peu ingrats. Son maquillage, que Nicky trouva outrancier, ne parvenait pas à dissimuler son âge et encore moins à la rendre avenante.

– Vous désirez ?

– Police, madame. Monsieur Bertemes est là ?

– Monsieur le Bourgmestre est présent, en effet. Qui dois-je annoncer ?

– Tedesco et Roeder. (Il montra sa carte) Son bureau est où ?

Ces manières cavalières déplurent à la dame, mais elle n'en dit rien.

– Montez l'escalier, c'est la grande porte sur votre droite.

Jean-Marc Bertemes était bien dans son bureau. Les deux policiers découvrirent un homme éprouvé par les derniers événements. Sous la pancarte « Défense de fumer » trônait un cendrier plein de mégots... et un verre d'un alcool aux reflets dorés.

Le bourgmestre les considéra d'un air désabusé.

– Je m'efforce de rattraper le travail en retard. (L'homme lissa de la main son crâne dégarni). Et je me demande comment gérer maintenant les suites de cette affaire. Je dois vous avouer que je pense sincèrement à présenter ma démission. L'opposition va jubiler, mais toute cette histoire, c'était trop pour moi... Mais au fait, que puis-je pour vous ?

– Ma jeune collègue ici présente se pose des questions.

Bertemes tourna vers Nicky ses yeux de cocker.

– Des questions ?

– Qui parmi le personnel de la commune a accès aux listes des élèves et à tout ce qui touche aux activités de l'école ?

– *Mam o Mam*, pas mal de monde ! Nous sommes une dizaine ici : il y a les deux de l'état civil, le secrétaire communal, le responsable des services techniques, son adjoint, les différents échevins, puis Tilly, qui fait un peu de tout et la réception, on a aussi parfois des étudiants pendant les vacances...

– Ne me dites pas que tous ces gens jouent avec les données scolaires !

– À vrai dire, je ne sais pas exactement qui fait quoi avec ces données. Moi, c'est la politique, vous comprenez ? Ce n'est pas moi qui m'occupe de tout cela, c'est Jeannot, le secrétaire communal.

– Eh bien, faites-le venir !

– C'est qu'il n'est pas là ! Je ne l'ai plus vu à la mairie depuis vendredi. Il est malade !

Nicky Roeder et Sandro Tedesco se regardèrent.

– Malade ?...

– ... Depuis vendredi ?

– Oui.

Tedesco se frotta l'oreille. C'était une sorte de tic que Nicky avait déjà remarqué, un geste curieux qu'il faisait à chaque fois que quelque chose l'intriguait. Le policier désigna le téléphone.

– Appelez-le !

Le bourgmestre hésita un instant, puis saisit le combiné de son téléphone. Il appuya sur l'une des touches pré-programmées et attendit.

– Ça ne répond pas !

– Il habite où ce Jeannot ?

– À côté de la poste. C'est à deux pas.

Tedesco regarda sa montre.

– Si vous n'y voyez pas d'inconvénient, je propose que nous allions lui rendre une petite visite.

– Je vous accompagne, soupira le bourgmestre. Prendre l'air me fera du bien.

Il se dégagea de sa chaise ergonomique en grimaçant.

– Suivez-moi, ce n'est pas loin.

Ils quittèrent la mairie. En quelques minutes, la circulation s'était intensifiée. Les frontaliers évacuaient les bureaux de la ville pour regagner leurs pénates et une longue file s'allongeait déjà en amont du carrefour.

Les policiers et le bourgmestre traversèrent au feu et s'avancèrent dans une rue transversale un peu plus tranquille.

– Pensez-vous, s'étonna Bertemes, que Jeannot pourrait avoir joué un rôle dans l'enlèvement des enfants ?

– Nous vérifions toutes les hypothèses. Celle-là comme les autres. Et vous ? Vous le soupçonneriez de quelque chose ?

– En aucun cas ! Jeannot Hecker est un fonctionnaire exemplaire. Jamais je n'ai eu à me plaindre de lui. Depuis qu'il a intégré l'administration de la commune, il est devenu l'homme à tout faire indispensable. Il a repris la presque totalité des tâches administratives qui rebutaient ses collègues. Depuis la gestion des autorisations de bâtir, jusqu'à la chorale et le club de quilles.

– Où travaillait-il avant de vous rejoindre ?

– À la CSSF, je crois.

– La CSSF, c'est l'organisme qui contrôle les banques, non ?

– Euh, oui en effet.

Les deux policiers se regardèrent, mais ne firent pas de commentaires.

Ils étaient arrivés devant le domicile de Jeannot Hecker. C'était une maison ancienne avec d'étroites fenêtres et une peinture jaune qui s'écaillait par endroits.

Jean-Marc Bertemes pressa le bouton de la sonnette. Attendit.

Les secondes s'écoulèrent et personne ne répondit.

– Pourtant, il devrait être chez lui. Sa voiture est là.

En effet une vieille Renault était stationnée devant l'entrée du garage.

Bertemes sonna à nouveau, sans succès. Tedesco frappa alors violemment à la porte.

– Police !

Il appuya sur le battant... La porte n'était pas fermée.

– C'est curieux, remarqua Bertemes, ce n'est pas dans ses habitudes. Il est plutôt parano.

– On va jeter un coup d'œil. Attendez-nous ici.

Ils entrèrent.

D'emblée, ils furent assaillis par l'odeur d'humidité qui régnait dans ce couloir mal éclairé. On devinait d'un côté une cuisine, de l'autre une pièce plus spacieuse qui devait faire office de salon. Les volets étaient en partie descendus et seul un écran plasma baignait la pièce d'une lumière bleutée.

Un homme était installé dans un fauteuil de gamer, les bras ballants, la tête inclinée. Endormi.

– Monsieur Hecker ? C'est la police.

L'intéressé ne réagit pas. Il continuait de fixer son écran, indifférent à l'intrusion des deux policiers.

Tedesco s'avança et se pencha sur lui.

– Merde ! s'exclama le policier. Ce type est mort !

Nicky s'était approchée à son tour et elle pâlit. C'était la première fois qu'elle voyait un mort, du moins dans cet état. Elle se souvenait de son père qui reposait paisiblement dans son cercueil, on l'aurait cru endormi. L'homme, ici, avait les yeux révulsés, la bouche légèrement entrouverte, comme s'il voulait lancer un dernier appel.

– Il a eu une attaque ?

Tedesco secoua la tête et fit une petite grimace. Il désigna à Nicky les plaquettes de médicaments qui traînaient sur le bureau.

– Un suicide ?

Nicky parcourut la pièce du regard. Un mug avait roulé sur le sol répandant du café sur la moquette, le bureau lui-même était en désordre. Des papiers et accessoires divers avaient volé un peu partout sur la table de travail. Plusieurs câbles arrachés couraient sur le bureau, avec au bout de l'un d'eux un transfo de marque HP qui pendait lamentablement.

Elle écarquilla les yeux... Sur le sol gisaient éparpillées une dizaine de ces fameuses enveloppes bleues !

Tedesco lui aussi les avait remarquées.

– Je pense qu'on tient notre homme, ma chère Nicky.

Je le savais. Un Luxembourgeois, de la commune. Et toc !

– Que doit-on faire ?

Tedesco paraissait troublé.

– Nous allons quitter les lieux à reculons et appeler nos collègues !

Il se frotta l'oreille. À nouveau ce tic.

— Qu'est-ce qui vous gêne ?

— Il faut se méfier des apparences. Ce suicide peut très bien être une mise en scène. Je veux qu'on examine à fond cette pièce. Quant au corps, il faut le faire autopsier.

Ils sortirent de la maison

— Alors ? Il est là ? interrogea Bertemes.

Quand il apprit la nouvelle, le bourgmestre se décomposa.

— Jeannot ? Mort ? Je suis dans la merde ! Ne me dites pas en plus que ça a quelque chose à voir avec cette histoire d'otages !

— On le dirait pourtant bien !

Dix minutes plus tard des gyrophares bleus illuminaient la façade décrépie de Jeannot Hecker.

Les gars de la Crim' et de la CPS entraient et sortaient de la maison, revêtus de leur combinaison blanche. Bertemes qui, depuis un bon moment, regardait la scène les bras ballants sortit subitement de sa léthargie.

— Il est tard. Je dois retourner à la mairie. Demain, j'ai une réunion au Comité du parti. Je dois la préparer.

Tedesco sourcilla. Il ne semblait pas apprécier Bertemes.

— Je vois que la politique reprend ses droits ! Où puis-je vous joindre demain en cas d'urgence ?

— Je vais vous donner mon numéro personnel.

Il fouilla dans ses poches à la recherche d'un stylo. Vainement.

— Tenez, prenez le mien, intervint Nicky.

Elle lui tendit le stylo que lui avait offert son copain Mick.

— Je ne comprends pas, dit Bertemes, tandis qu'il notait son numéro sur une carte de visite. Jeannot était un garçon irréprochable. Je lui aurais donné le bon Dieu sans confession !

— Comme dit quelqu'un de ma connaissance, répliqua Nicky, il faut se méfier des apparences !

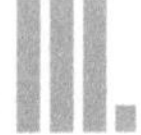

Le bourgmestre parti, Nicky et Tedesco restèrent un moment à observer le ballet de la police scientifique dont les techniciens s'affairaient dans la maison de feu Jeannot Hecker. Il s'avéra rapidement que leur présence était devenue inutile. Ils avaient suivi une affaire d'enlèvement, on était maintenant devant un cas de mort suspecte. Le boulot de la Crim'.

Une pluie battante se mit à tomber.

– On va rentrer à Hamm. Araujo doit être impatient de nous entendre. Il a déjà essayé trois fois de m'appeler.

Les deux policiers rejoignirent au galop la route nationale et reprirent leur voiture.

Ils avaient à peine roulé une centaine de mètres que Nicky s'exclama :

– Merde ! Mon stylo !

– Quoi, ton stylo ?

– Le bourgmestre ne me l'a pas rendu.

– Ce n'est qu'un stylo.

– En plaqué or. Le cadeau d'un ami.

Il soupira.

– Un ami très cher, sans doute !... Bon, ne traîne pas, il nous reste du boulot au bureau !

Tedesco fit demi-tour de mauvaise grâce et revint se garer au pied de la mairie. Sous la pluie, Nicky gravit les marches du perron en courant et pénétra dans le bâtiment juste au moment où la réceptionniste enfilait sa veste.

– Monsieur Bertemes est toujours dans son bureau ?

– Oui, mais il a demandé à ne pas être dérangé.

– J'en ai pour une seconde.

Sans attendre la réponse, elle monta les escaliers qui menaient au premier étage.

Comme la porte du bureau était entrebâillée, Nicky frappa un bref coup et entra.

L'élu se redressa surpris et la fixa comme si elle était le diable en personne. Elle remarqua d'emblée la valise posée à côté du bureau.

– Vous partez ?

Il eut une seconde d'hésitation, comme s'il cherchait une explication plus ou moins plausible.

– Euh... En fait, ma mère est souffrante. Je vais lui rendre visite. Elle habite à Clervaux. D'ailleurs, je suis épuisé. J'ai besoin de me changer les idées quelques jours. Vous comprenez, avec toute cette histoire...

– Et votre réunion ?

– Je... Ils m'ont parlé finalement d'une téléconférence.

Le bureau avait été rangé. Seuls y subsistaient un téléphone, un lourd cendrier plein de mégots et un ordinateur portable de marque HP décoré curieusement d'un autocollant Pokémon.

Merde. HP. Hewlett-Packard... Le transfo qui se balançait près du corps du secrétaire communal. Cet ordi, c'est celui de Jeannot Hecker !

Jean-Marc Bertemes avait surpris son regard. Il rabattit violemment le clapet de l'ordinateur et se leva.

– Je vais vous expliquer.

Quittant son bureau, il s'avança vers elle.

Et subrepticement, sa main glissa vers le cendrier de cristal.

IV.

Dans sa voiture, moteur allumé, Sandro Tedesco s'impatientait.

— *Dajee*[1] ! Mais qu'est-ce qu'elle fout ?

Une ombre blanche s'approcha du véhicule. Sous sa charlotte, Tedesco reconnut Brandensted, le gars de la scientifique.

Il baissa sa vitre.

— Vous êtes encore là ? s'étonna l'expert de la CPS. Ça tombe à point nommé. Je souhaitais vous informer.

— À quel sujet ?

Reinhard Brandensted était trempé. Tedesco hésita à le faire entrer. Une fois dans la voiture, le bonhomme n'en finirait jamais avec ses explications et saloperait ses sièges.

— Vous aviez raison, expliqua sous la pluie l'intéressé, cette mort est hautement suspecte. J'ai noté des marques rouges des deux côtés de la mâchoire du défunt. On lui a ouvert la bouche de force pour lui faire ingurgiter quelque substance toxique ! Nous allons attendre les résultats de l'analyse hématologique, mais je ne serais point étonné que nous trouvions autre chose que le contenu des plaquettes abandonnées sur son bureau !

— Je vous crois sans peine.

— Tiens ? Votre jeune collègue n'est pas avec vous ?

— Elle est passée voir le bourgmestre et...

---

[1] Allez !

Tedesco n'acheva pas sa phrase. Après une seconde d'hésitation, il ouvrit brusquement la portière et bousculant Brandensted, il monta au galop les marches du perron de la mairie.

V.

Nicky Roeder s'était écartée de justesse et le lourd cendrier de cristal lui frôla la tempe gauche. À une seconde près, elle le prenait en pleine figure. Le cendrier éclata sur le mur du fond répandant en tous sens son contenu de cendres, de mégots et de vieux trombones.

Le sang de la jeune femme ne fit qu'un tour. Telle une furie, elle se jeta sur le bourgmestre et lui balança son pied dans l'entrejambes. Alors que, grimaçant de douleur, il tentait de l'agripper, elle saisit son pouce et le tordit au point qu'il dut se mettre à genoux.

Il se mit à hurler.

– Lâchez-moi donc, espèce de folle, vous savez qui je suis ?

Nicky lâcha entre ses dents.

– Ce que vous êtes, je commence à le comprendre et je pense que vous feriez mieux de reporter ce séjour à Clervaux, monsieur Bertemes.

Elle bloqua le bourgmestre sur le sol, un bras dans le dos, et l'écrasa de tout son poids.

À cet instant Tedesco pénétra en coup de vent dans le bureau. Il découvrit un spectacle étonnant. Le bourgmestre Jean-Marc Bertemes couché sur le ventre, haletant, avec Nicky occupée à le menotter.

– Original ton placage ventral. C'est ça qu'on vous apprend à l'école de police ?

– J'ai fait ce que j'ai pu !

VI.

Nicky regarda le bourgmestre qu'on emmenait sous la pluie vers le combi de la police. Il boitait, il avait les épaules basses, le veston dégoulinant.

– Il m'avait l'air inoffensif.

– Méfie-toi, ma petite Nicky...

– Oui, je sais : les apparences sont trompeuses.

– J'ai failli moi-même m'y laisser prendre. Et pourtant en discutant avec le gars de la CPS, j'ai soudain pensé moi aussi au bourgmestre.

– Qu'est-ce qui vous a fait songer à lui ?

– À la réflexion, toute cette opération était trop complexe pour être le fait d'un seul type. La psy belge de passage chez nous l'avait dit : plusieurs hommes. Cette idée me démangeait depuis la découverte du corps. Bertemes avait pris beaucoup trop de soin à nous préciser qu'il ne connaissait rien aux histoires d'écoles et de données administratives. Restera la question... Qui était le complice de qui ? J'imagine bien Jean-Marc Bertemes dans le rôle du donneur d'ordres.

Le combi démarra et traversa la place, toutes sirènes hurlantes.

En le voyant s'éloigner, Sandro Tedesco se fit songeur.

– Un homme ne naît pas criminel, il le devient, et c'est malheureusement une évolution qui est à la portée de tous. Certains se tournent vers les petites ou les grosses magouilles, les trafics en tous genres, voire le grand banditisme. Pour d'autres auxquels il subsiste un infime souci des convenances, il reste le trading, l'optimisation fiscale ou... la politique ! Les égarés imputeront leur inconduite à la fatalité, à leurs parents, leurs fréquentations, la société... La faute surtout à leur bêtise ou à leur avidité. Et tous ces gens, ma chère Nicky, nous sommes là pour les rappeler à l'ordre !

– Ça ne marche pas toujours.

– C'est bien pour cela qu'il faut parfois s'y prendre à plusieurs reprises, surtout depuis que nos magistrats distribuent des libérations sur parole. Enfin... on lutte comme on peut contre la surpopulation carcérale !

– On a une nouvelle prison à Sanem.

– Eh bien c'est parfait, une cellule VIP y attend notre ami Bertemes !

Soudain, Nicky grimaça.

– *Schäissdreck*[1], mon stylo !

– Quoi encore « mon stylo » ?

– C'est toujours ce salaud qui l'a. Avec tout ça, j'ai pas eu le temps de lui reprendre !

Il rit.

– J'essayerai plus tard de le récupérer discrétos... Je te le rendrai quand tu intégreras les rangs de la PJ !

Elle ouvrit la bouche d'étonnement.

– Je... Moi ? Les rangs de la PJ ?

Il ne répondit pas, mais sourit.

– Rentre donc chez toi. Je pense que ta fille doit s'impatienter !

---

[1] Merde !

ÉPILOGUE

Le procès de Jean-Marc Bertemes eut peu de retentissement dans la presse. Sa carrière politique lui avait permis de tisser un solide réseau relationnel, et le soutien de ses amis politiques, s'il ne fut pas officiel, joua certainement en sa faveur. Appuyé par le meilleur avocat de la place, il affirma sans honte que réalisant l'odieux forfait auquel s'était livré son collaborateur, il avait été lui demander des comptes ; que la discussion avait mal tourné et qu'elle s'était soldée par la mort malheureuse de l'intéressé ; une mort que stupidement il avait tenté de camoufler en suicide. Pour ce qui était de cette invraisemblable histoire d'enlèvement, il en ignorait absolument tout.

Dix ans, dont cinq avec sursis...

Les parents qui tenaient Jean-Marc Bertemes pour l'instigateur de ce vaste kidnapping regrettèrent amèrement la décision du tribunal. Cet épisode les avait profondément bouleversés. Il faut admettre cependant que malgré leur obstination, les psychologues qui consacrèrent des dizaines de séances à sonder les petites victimes ne parvinrent pas à y trouver la moindre trace de traumatisme, tout au plus la frustration de s'être vu refuser par leurs parents un nouveau séjour à Europa-Land !

En réalité, à part le dénommé Hecker, les seules vraies victimes de toute l'histoire furent les finances de l'État, car cette avance de 11 400 000 € ne put jamais être récupérée, une avance qui dort probablement aujourd'hui sur un compte, quelque part au Bahreïn ou dans les Îles Vierges britanniques.

Quant à Nicky Roeder, elle regagna son commissariat, avec ses histoires de vélos volés et de tapages nocturnes. Mais la fin de son stage approchait, et qui sait... une carrière d'inspectrice à la PJ était peut-être cette fois à portée de main.

Bon anniversaire Dimitri

Bon anniversaire Dimitri

À PROPOS DE L'AUTEUR

Historien, scénariste et dessinateur de bandes dessinées, Pierre Decock s'est lancé en 2007 dans le roman policier et le thriller. Il remporte alors avec « *Toccata* » le prix des lecteurs de la Grande Région. Peu après paraissent les premières aventures de Joao Da Costa, un jeune inspecteur luxembourgeois confronté dans « *De profundis* » à un insaisissable tueur en série. D'autres polars ont suivi, mêlant suspense, humour et mystère. La plupart ont pour cadre le Luxembourg, un pays que l'auteur connaît bien, puisqu'il y vit depuis plus de 30 ans.

Chez *Crime.lu* Pierre Decock a publié « *Lea m'attendra* » et « *Un si gentil voisin* ».

DANS LA MÊME COLLECTION

Didier Debord, *Il vous faudra vivre avec...*

Pierre Decock, *Lea m'attendra*

Gaston Zangerlé, *La pègre et la boxeuse*

Monique Feltgen, *Das Rousegäertchen-
Komplott*

Pierre Decock, *Le moine à la boucle d'oreille*

Pierre Decock, *Victor*

Werner Giesser, *Die Gutland-Morde*

Hauke Schlüter, *Tod in Belval*

Hauke Schlüter, *Rost*

Monique Feltgen, *Schatten über Diekirch*

Gaston Zangerlé, *Le cadavre du Saut d'Acornat*

Didier Debord, *Greffes sauvages*

Pierre Decock, *Un si gentil voisin*

Rita Braun, *Von Fall zu Fall*